KB199558

책읽기의 달인,

호모 부커스

책읽기의 달인, 호모 부커스

초판 1쇄 발행 2008년 8월 25일
초판 13쇄 발행 2015년 4월 10일

지은이 이권우
펴낸곳 (주)그린비출판사 | **펴낸이** 임성안 | **등록번호** 제313-1990-32호
주소 서울시 마포구 동교로17길 7, 4층(서교동, 은혜빌딩) | **전화** 02-702-2717 | **이메일** editor@greenbee.co.kr

ISBN 978-89-7682-806-4 44800 978-89-7682-800-2(세트)
이 도서의 국립중앙도서관 출판시도서목록(CIP)은 서지정보유통지원시스템 홈페이지(http://seoji.nl.go.kr)와
국가자료 공동목록시스템(http://www.nl.go.kr/kolisnet)에서 이용하실 수 있습니다.(CIP제어번호: CIP2008002518)

나를 바꾸는 책, 세상을 바꾸는 책 www.greenbee.co.kr

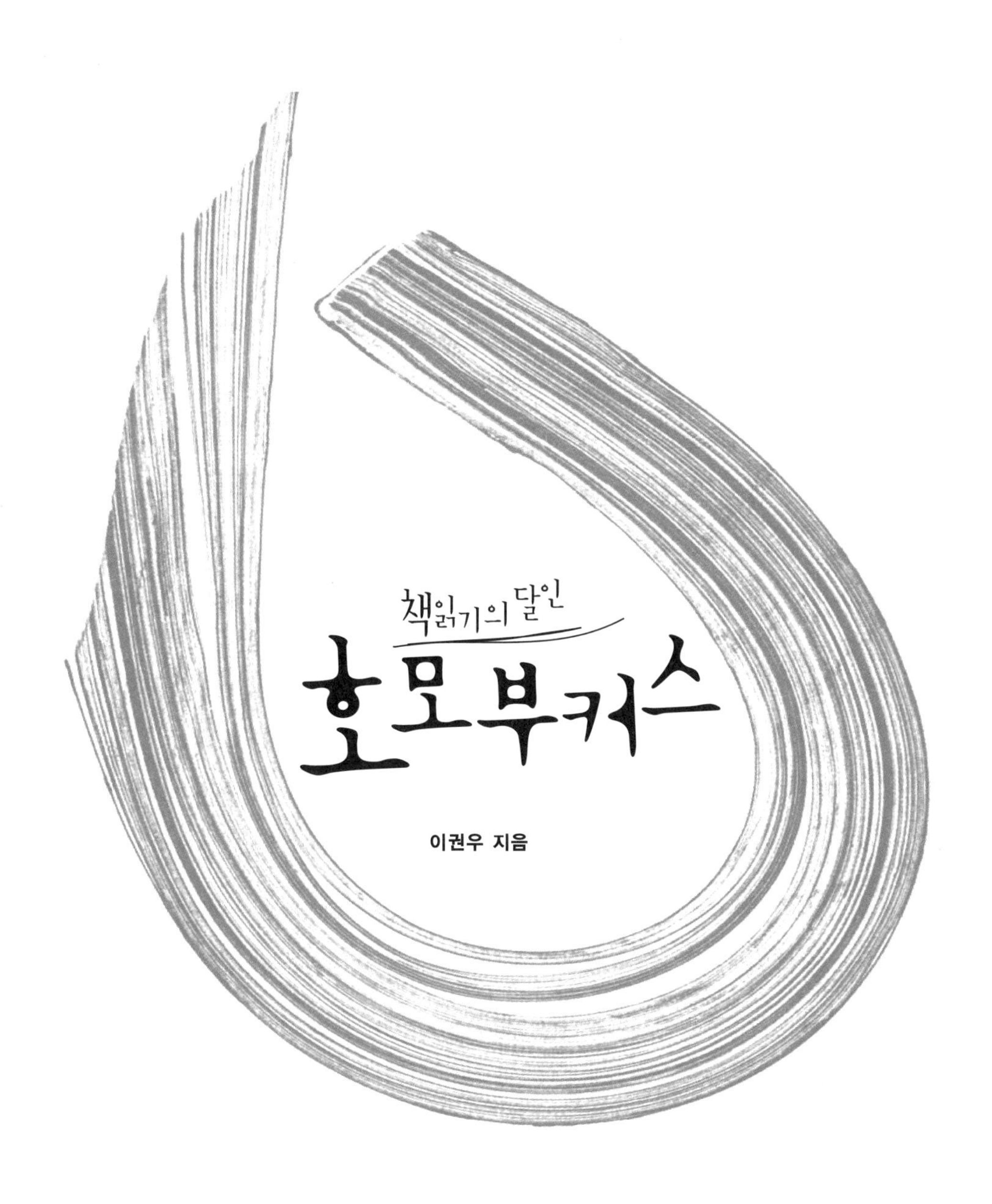

책읽기의 달인

호모부커스

이권우 지음

gB
그린비

책머리에

책읽기를 업으로 삼은 사람으로 언젠가 꼭 내고 싶은 책이 있었습니다. 책을 왜 읽어야 하는지, 그리고 어떻게 읽어야 하는지를 일러 주는 책이었습니다. 다른 나라 사람들이 쓴 유사한 책들이 널리 읽히고 여러 사람의 입에 오르내릴 적에 마음이 상했더랍니다. 왜 우리는 해내지 못하고 굳이 남의 것을 빌려 와야 하나 하고 말입니다.

짬을 내서 관련 도서를 읽고, 기회 있을 적마다 글을 쓰고, 강연할 때마다 가능하면 이른바 독서법을 주제로 삼았습니다. 서두르지 않고 천천히 준비하려 했습니다. 굳이 시간적인 여유를 둔 것은, 지나치게 이론 중심의 글을 쓰고 싶지 않아서였습니다. 저의 경험을 바탕으로 하되, 여러 곳에서 만난 분들의 궁금증을 덧붙여 내용을 꾸미고 싶었습니다. 당연히, 시간이야 오래 걸리겠지만, 그만큼 살아 있고 설득력 있는 책이 되기를 바랐던 것입니다.

어떤 면에서 우리는 참으로 한심한 세월을 보내고 있는지도 모릅니다. 책을 읽어 교양과 지식을 쌓자는 당연한 말을, 목에 핏대를 올리며 해야 하는 시절이기에 그러합니다. 더 안타까운 것은, 그리하여도 사회의 반응은 무척 냉담하여 책 읽는 사회를 만들기에 역부족이라는 현실입니다. 이런 상황을 확인할 때마다 도대체 우리는 무엇에 미쳐 있어 이러는가 하는 회의감이 들었습니다.

아마 당장 효과를 보아야 투자할 수 있다고 여기는 마음이 시대정신으로 자리 잡은 모양입니다. 은행에 저축하는 것보다는 증권에 투자하는 것을 더 높이 치는 것과 같습니다. 영어책은 늘 들고 다니면서 교양도서는 멀리하는 현실과 너무나 닮았습니다. 저는 이런 상황을 지켜보며 두려웠습니다. 기반도 단단히 다지지 않고 높은 건물을 짓는 듯한 환각이 들어서였습니다.

평론가라 하면, 책의 가치를 객관적으로 평가하고 이를 널리 알리는 일로 충분합니다. 제가 어쭙잖게 독서교육이나 도서관운동에 한발 들여놓을 수밖에 없었던 것은, 이러다가는 우리 공동체가 벼랑 끝으로 몰릴지도 모른다는 두려움 때문이었습니다. 교양과 지식의 가치가 너무 무시당하고 있다 여긴 것입니다. 지나간 것에서 배우려 하지 않았고, 앞날을 위해 무엇을 해야 하는지 고민하지 않았습니다. 오로지 질주만 하려 했습니다. 제동 걸려는 사람은 타박했고, 더 나은 가치를 말하려는 사람에게는 재갈을 물렸습니다. 그러니, 저 같은 게으름뱅이마저 나설 수밖에 없었습니다.

그리하여 저는 이번 책을 쓰며 특별히 새로운 세대와 대화를 나누고 싶다는 욕심을 표 나게 내세웠습니다. 책읽기가 한물간 것이 아니라 왜 오늘 더 가치 있는 일이 되었는지 말해 주고 싶었습니다. 그래서 책읽기에 대한 오래된 생각에 머물지 않고 한발 더 나아가려 했습니다. 가능하면 낯설게 말해서 새롭게 바라보도록 하고 싶었고,

가능하면 다르게 이야기해서 정서적으로 동의를 구하려 했습니다. 그러지 않고서는 새로운 세대를 설득할 수 없으리라 여긴 것입니다.

더불어, 저는 이번 책에서 누구나 다 책읽기의 달인이 될 수 있다 말하고 싶었습니다. 특별하고 타고난 사람만 달인이 되는 것은 아닙니다. 누구든 꾸준히 해나가면 한 분야의 달인이 되는 법입니다. 책읽기라 해서 다를 게 없습니다. 하다 말거나 아예 하지 않아서 달인이 되지 못할 뿐입니다. 하다 보면 어렵고 힘들 때가 있는데, 이 고비를 잘 넘기고 계속해 나가면 됩니다. 책읽기에는 고비가 자주 있습니다. 어려워서 포기하고 싶은 때도 있고, 재미없어서 그만두고 싶은 때도 있고, 도무지 시간이 나지 않아서 지레 포기할 수도 있습니다. 그러나 책을 가까이 두고 늘 읽으려 애쓰면 누구나 달인이 될 수 있습니다.

부끄럽게도 제 자신의 독서이력을 밝힌 이유가 여기에 있습니다. 예상하는 것과 달리, 어린 시절 저의 독서풍경은 빈약하기 짝이 없었습니다. 물론, 일반적인 경우보다야 많이 읽었다 할 수 있겠지만, 또래의 작가들에 비하면 그리 내세울 만하지 못합니다. 그런데 지난 80년대 세상을 바꿀 참된 것을 갈구하는 심정으로 청년 시절을 보내며 큰 변화를 겪었습니다. 책에서 길을 찾았고, 그 길을 내달리려 애쓴 것입니다. 이후로 저의 삶은 확연히 달라졌고, 책벌레라는 말을 들을 자격을 얻게 되었습니다. 너무 늦었다고 포기하시렵니까? 저도 늦게 시작했답니다.

이 책은 달인이 되는 지름길을 말해 주지는 못합니다. 제가 책읽기의 달인이 되는 왕도를 몰라서 그렇습니다. 하지만, 달인이 되는 작은 길은 열어 놓으려 애썼습니다. 이 길을 편안한 마음으로 걸어 보십시오. 땅이 패어 있고 가끔 끊어지기도 하고 자갈도 여전히 널려 있지만, 한번 가고 나면 스스로 달인 되는 법을 깨우칠 수 있으리라 믿습니다.

참으로 오랜 세월 책을 읽으며 살아왔습니다. 간혹 이 정도면 '한소식' 해야 하는 것이 아닌가 싶어 모자란 자신을 채찍질하기도 했습니다. 해도 해도 끝이 안 보이는 듯싶어 절망하기도 했습니다. 그럴 때마다 위안이 되고 격려가 된 것은 역설적이게도 책이었습니다. 너무 조급해서 안달하지 말고 느긋하게 천천히 가라고 일러 주었습니다. 잘났다 뽐내지 말고 늘 배우는 자세로 살아가라 귀띔해 준 것도 책이었습니다. 참된 사람이 되는 길이 무엇인지 희미하게나마 보여 주었던 것입니다.

한동안 책만 읽는 자신을 어리석다 여겼습니다. 강을 건넜으면 나룻배를 버려야 하거늘, 아직도 머리 위에 이고 뛰어다니는 것이 아닌가 싶었습니다. 이제 세상에 이 책을 내놓으며 스스로 자랑스럽게 여깁니다. 그러지 않았다면 결코 쓸 수 없었을 책을 잉태했으니 대견하다 싶은 것입니다. 교만이라 여기지 마시고 넉넉한 마음으로 거두어 주시길 바랄 뿐입니다. 당신이 책벌레라면 언제가 반드시 쓸 책을 제가 먼저 펴낼 뿐이니 말입니다.

이제 더는 책읽기의 가치를 목청 높여 말하지 않는 시대가 왔으면 좋겠습니다. 너무나 당연한 것을 당연하다 말하는 것도 힘들고,

당연한 것이 현실이 되지 않으면 상처받는 사람들이 많아지게 마련입니다. 세상이 변하면 변할수록, 장담하건대, 책읽기의 가치는 더 높아질 것이며, 책 읽는 사람이 세상의 주인 될 가능성이 커질 게 분명합니다.

우리가 모두 책읽기의 달인이 되면 두루 좋은 세상이 올까요? 함부로 말할 수는 없지만, 지금보다는 나은 세상이 펼쳐지리라 기대합니다. 책과 벗하며 살아가는 이들과 함께 그날이 오기를 기다려 봅니다.

2008년 8월

이권우

차례

2부 어떻게 읽어야 하는가?

1부 왜 읽어야 하는가?

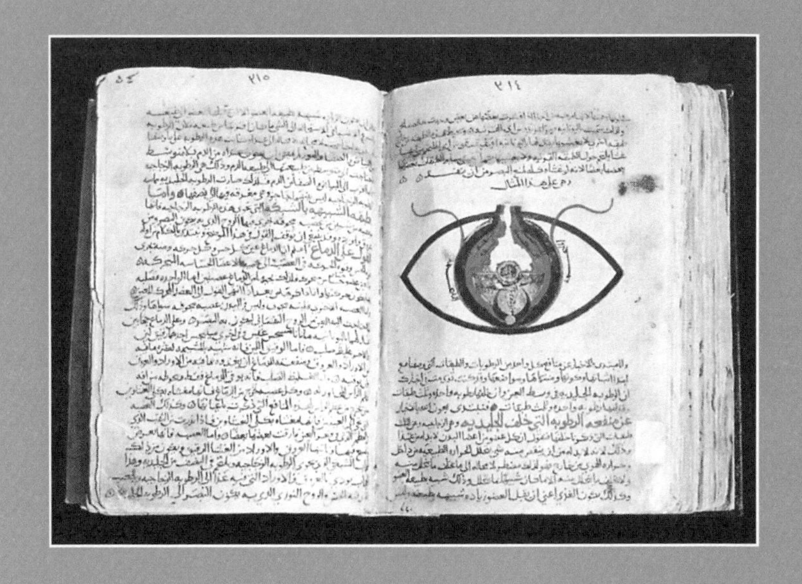

책은 눈이다. 그것도 감겨 있는 눈이 아니라, 늘 뜬 눈이다. 감고 있어서는 보지 못하며, 보지 못하면 알지 못한다. 당연히, 알지 못하면 참된 것이 무엇인지 모르게 된다. 나는 예수의 기적을 다른 관점에서 해석한다. 불경하게도, 진짜 눈을 뜨게 해준 것이 아니라, 무지한 대중을 앎의 세계로 이끈 삶을 신화화한 것이라 여기는 것이다. 오늘은 눈멀게 하는 시대다. 디지털 혁명으로 일어나는 영상문화의 압도적 위세 때문이다. 우리 시대에도 여전히 책을 읽자고 하는 것은 결국 기적을 꿈꾸는 것과 마찬가지다. 나는 지금 예수 시대의 재현을 꿈꾸고 있다. 위의 그림은 9세기 후세인 이븐 이스학(Hunayn Ibn Ishag)이 쓴 『눈(眼)에 대한 몇 가지 논의』에 실린 그림.

1
책읽기와 '공자되기'

옛날, 옛날, 한 옛날에 태어날 적부터 머리가 짱구인지라 '구'(丘)라는 이름이 붙었던 공자라는 사람이 살았더랬다. 이 사람, 따지고 보면 서양의 소크라테스와 비슷한 게 많다(자세하고 복잡한 이야기는 풍우란이 쓴 『중국철학사』〔박성규 옮김, 까치, 1999〕에 나오니 훗날 꼭 읽어 보시라. 책에 나와 있는 것을 굳이 말로 하면 입만 아플 뿐). 사마천이 『사기』에 공자에 관한 글을 쓰기 전까지 중국 사람들은 그이를 신으로 떠받들질 않았나, 중국뿐만 아니라 한국, 일본이 근대 이전까지는 그이의 철학으로 나라를 경영했으니, 그 사람이 대단하기는 대단한 사람임에 분명하다. 이런, 말을 꺼내다 보니 다 아는 이야기를 하고 말았네. 말꼬리를 다른 데로 돌려 보자.

그 유명한 공자가 지금으로 치자면 재벌의 자식으로 태어나 서울의 강남에 살며 유명 학원에다 족집게 강사의 강의를 들어 가며 누구나 들어가고파 하는 대학교의 철학과를 나왔냐 하면, 그렇지 않다. 이 양반 출생에는 무언가 석연치 않은 게 있다. 아버지는 숙량흘(叔梁紇)로, 오늘로 말하면 읍장 정도를 지낸 무관(武官)이다. 전쟁에서 용맹을 떨친 후 개선해 공자의 어머니 안징재(顔徵在)를 처로 맞이했다. 그런데 숙량흘에게는 전처가 있었고, 다리가 불편한 아들도 있었다. 아마도 장애아를 아들로 둔 한을 풀기 위해 마누라를 하나 더 둔 모양이다(장애아에 대한 편견은 옛날 사람들 이야기니 너그럽게 이해해 주기로 하자). 어쨌든 처자식이 있는 사람이 처녀와 또 결혼하니 동네 사람들의 입방아에 오른 모양이라, 공자가 태어났을 때 "야합하여 공자를 낳았다"는 소문이 났을 정도다. 공자의 불행은 이때 이미 예고된 것인지도 모른다. 세 살 때 아버지가 돌아가셨다. 예나 지금이나 가장이 죽으면 집안은 풍비박산 나게 마련이다. 오죽하면 사마천이 기록하기를 "공자는 가난하고 천하였다"고 했겠는가.

열일곱 살이 되던 해 어머니마저 돌아가셨다. 이때 공자는 무척 난처한 상황에 놓이게 되었다. 당시의 풍습으로는 부부를 합장해야 했는데, 살아생전 어머니가 아버지의 무덤을 일러 주지 않았던 것이다. 아무래도 정상적인 혼인관계가 아니었던 모양이다. 궁하면 통한다고 공자가 꾀를 냈다. 세상 사람들의 이목을 받기 위해 시신이 든 관을 오보거리〔五父之衢〕에 놓아두었다. 오늘로 치면, 서울의 강남 사거리에 어머니의 관을 놓고 '일인시위'를 벌인 꼴이다. 사람들이 공자에게 까닭을 물었고, 그 사실이 소문이 나면서 아버지의 무덤을 알게 되어 합장했다. 어떤 책에 보면 공자는 이때 비로소 귀족가문 출신임을 알았다고 한다. 아버지가 별 볼일 없었는데, 웬 귀족? 족보에 보면 10대조에 불보하(弗父何)라는 이가 있었는데, 본디 송(宋)나라 임금의 직위를 물려받을 수 있었으나 동생에게 왕위를 양보했다는 기록이 있다. 공자, 이때 비로소 열등감을 씻었다고 했으나, 나는 이런 정황을 의심의 눈초리로 본다. 공자가 훗날 유명한 사람이 되니까 후대의 역사가들이 부랴부랴 가짜 족보를 만들었을 수도 있고, 우리의 경우에서 알 수 있듯 혼란기에 족보를 슬쩍 바꿔치기해 자기의 조상이 왕족이었다고 '뻥' 을 칠 수 있기 때문이다.

어머니를 장사 지내고 난 지 얼마 안 되어 공자가 개망신을 톡톡히 당한 적이 있었다. 계손씨(季孫氏)에서 명사들을 초청해 근사한 파티를 연 모양인데, 공자도 신분이 확인된 만큼 이 자리에 참석했다. 그런데 양호(陽虎)라는 이가 공자를 보자 대뜸 욕을 해대며 "우리 연회에 초대한 분은 모두 명문가 출신인데 어찌 이런 거지 같은 자가 왔는고?" 라고 말했다 한다. 아, 불쌍한 공자! 가난하여 입성이 변변찮아 이런 봉변을 당할 수도 있고, 애비 모르는 짱구라고 어릴 적부터 놀림받아 온 터라 이런 몹쓸 대접을 받을 수도 있었으리라.

공자가 불우한 환경에서 자랐다는 것은 이로써 충분히 설명이 되었을 터. 이제 공자의 '인간승리' 를 알아볼 차례다. 『논어』에는 공자의 자서전이 잘 정리된 대목이 있다. 이제는 일종의 고사성어가 되어 외워야 하는 그것, 그러니까 "열다섯은 지학(志學), 서른은 이립(而立), 마흔은 불혹(不惑), 오십은 지천명(知天命), 육십은 이순(耳順), 칠십은 불유구(不踰矩)" 라는 것이 바로 공자가 자신의 삶을 회상하면서 했던 말들이다. 여기서 내가 주목하고 있는 것은 지학이다. 그러니까 공자는 열다섯부터 공부하기로 마음을 굳게 먹었던 것 같다. 자신의 사회신분에 절망하지 않고, 어떻게든 그것을 넘어서기 위해 가상한 생각을 품었던 것이리라. 가난하기 짝이 없는 공자가 어떻게 공부했을까 궁금해지는데, 어렵게 생각할 필요는 없을 듯하다. 그야말로 주경야독했을 터이니 말이다. 요즘 말로 하면, 공자는 낮에는 온갖 허접스러운 일을 도맡아 하는 아르바이트를 하고 밤에는 졸음을 물리치며 공부했으리라.

이 대목에 이르면, 춘추시대의 노(魯)나라에 대해 알아보아야 한다. 그래야 공자가 어떻게 공부했는지 미루어 짐작할 수 있기 때문이다. 주(周)나라가 은(殷)을 정복한 다음, 주의 무왕(武王)은 친동생인 주공(周公)을 노나라 제후로 임명했다. 주공은 뛰어난 정치가이자 군사전략가이면서 문화와 역사도 잘 아는 인물이었다. 친형 입장에서 능력 있는 동생을 멀리 보내기보다는 가까이 두고 나랏일을 맡기고 싶은 것이 인지상정. 노나라의 경영권은 주공의 아들인 백금(伯禽)에게 넘겨주고 주공은 서울에서 통치에 참여할 수 있도록 배려했다. 주 왕조의 전장(典章)제도와 예악(禮樂)제도는 대부분 주공이 만들었다고 한다.

사정이 이렇다 보니, 노나라는 다른 제후국과 달리 수많은 혜택을 입었다. 백금은 주나라 천자만 쓸 수 있는 예악, 기물, 전적 등을 가져왔고, 노나라만 유일하게 천자의 예악으로 천지와 조상에게 제사 지낼 수 있었다. 한마디로 주나라의 선진문화가 노나라에 고스란히 전해졌던 것이다. 공자는 바로 노나라 사람이었다. 공부하기로 마음먹은 공자가 무엇을 배워야 할지는 큰 고민거리가 아니었을 듯싶다. 주나라에서 펴낸 책들이 널리 퍼져 있고, 주례(周禮)를 시행하

위편삼절(韋編三絶)이라, 공자가 『주역』을 즐겨 읽어 책을 엮은 끈이 세 번이나 끊어졌다는 고사다. 짓궂은 사람들은 너무 과장해 생각하지 말라고 하곤 한다. 옛날 책을 일러 죽간이라 하니, 대나무에 글을 쓰고 이를 끈으로 묶은 형식이었다. 그러다 보니, 몇 번 안 읽어도 쉬이 끊어졌을 것이란다. 남아수독오거서(男兒須讀五車書)라, 남자라면 모름지기 수레 다섯에 실을 만큼의 책을 읽어야 한다는 고사다. 얄궂은 사람들은 죽간은 마치 두루마리 같은지라 막상 오늘의 개념으로 따지면 그리 많은 분량이 아니라고 말한다. 너무 엄숙하고 진지하게 책에 대해 말하지 말자는 뜻이리라. 그럼에도 나는 책이 너덜너덜 떨어져 나갈 정도로 읽어 보았는지, 내 삶에 충격을 준 책이 다섯 수레는 되는지 생각할 때마다 심히 부끄러워진다. 내가 할 수 있는 일이란, 그러기에 여전히 읽고 또 읽는 것이다.

는 현장을 목격할 수 있었으니 춘추시대의 혼란기에 공자는 행운아였던 셈이다.

가난한 공자는 책을 살 돈이 없었으리라. 그러니 이웃에 사는 사람에게 책을 빌려 보았을 것이다. 책만 본다고 어찌 깨달음을 얻을 수 있겠는가. 거리에 나가 현명한 사람을 찾아 물어보았으리라. 『논어』에 나오는 그 유명한 "세 사람이 길을 가면 그 가운데 반드시 스승이 있게 마련"이라는 말은 이런 경험에서 비롯되었을 터다. 현장답사는 얼마나 열심이었겠는가. 책에 나온 사실과 현실이 어떻게 같고 다른지도 알아보았으리라. 공자 가라사대, "나는 날 때부터 다 알고 태어난 사람이 아니다. 다만 옛사람들이 남긴 업적을 사모하여 끊임없이 배우고 추구했을 따름이다". 제아무리 고전이라 해도 그 글 쓴 사람의 개인적 삶이 묻어 있게 마련이다.

코피 터지면서(어느 책에도 이런 기록은 없으나, 짐작하기에 그렇다는 것이다) 열심히 책을 읽고 공부하던 공자의 생활은 어땠을까? 세상에 이름을 떨치기 전이었으므로 열악한 환경에 놓였을 것은 불을 보듯 뻔하다. 『논어』에 기록되길 "어려서 가난하여 많은 기예를 익혔다"고 하지 않던가. 공자는 오늘로 치면 택시기사나 공장기술자로 일하면서 돈을 벌어 공부했던 모양이다. 아들 낳은 해에 관직을 얻었는데, 승전되어 한 일이 고작 가축 기르는 일이었다. 공자가 맡은 목장은 제사 때 희생제물로 바치는 소나 양을 기르는 곳이었을 가능성이 높다. 그러니 나라에서 월급 받는 목장지기를 했을 터. 하나, 생각을 바꿔 보면, 천하의 공자가 스무 살 무렵에는 소똥 치우고

양털 깎으며 목구멍에 풀칠했다는 것이 된다. 그럼에도 공자의 공부는 계속되었다. "열 가구의 작은 마을에도 반드시 나만큼 충직하고 신실한 사람이야 있겠지만, 나처럼 학문을 사랑하는 사람은 아마 없을 것"이라고 공자 스스로 말할 정도다.

그런데 "남들이 알아주지 않아도 성나지" 않았던 공자에게 기쁜 일이 일어났다. 쥐구멍에도 볕 들 날 있다더니, 세상이 공자를 알아주기 시작한 것이다. 나이 서른에 공자는 삶의 일대 전환점을 맞이했으니, 스스로 섰다〔而立〕는 말에서 알 수 있듯, 이때부터 제자를 받아들였다. 나중에는 제자가 3천 명에 이르렀다는 기록도 있는 걸로 보아, 요즘으로 말할 것 같으면 강남의 유명한 학원 원장으로 이름을 떨쳤다고 보면 될 성싶다. 더불어 관운도 따랐다. 공자가 승승장구하며 출세가도를 달릴 적에 올랐던 직위를 오늘에 맞게 옮기면, 재정담당관, 국가공인회계사, 건설부장관, 법무부장관, 서울의 중구청장, 외교관 등속이 된다. 개천에서 용났다, 라는 말은 이럴 때 하라고 조상님들이 준비해 준 속담이다.

공자의 세속적인 성공은 왜 책을 읽어야 하는가에 중요한 시사점을 던져 준다. 가진 거라고는 불알 두 쪽밖에 없던(예의에 어긋나는 표현이나 재미로 여기고 화내지는 말기를!) 공자가 자신의 사회적 지위를 높인 데는 책읽기가 결정적인 역할을 했다. 공자가 공부했다는 것이, 따지고 보면 책을 읽고 주변 사람들과 토론한 것이 아니던가. 기실 공부란, 읽고 말하고 쓰는 과정을 일컫는다. 주나라에서 펴낸 책들이 노나라에 고스란히 남아 있지 않았다면, 또는 공자가 다른 제후국에서 태어났다면, 공자라는 이름이 역사에 남아 있지 않을 수도 있을 것이다. 그렇다. 책을 읽는 이유는 자신의 사회신분을 향상하기 위해서다. 공자처럼 열악한 상황에 놓여 있던 이라면, 그 상황을 타개하고 자신의 삶을 더 나은 조건으로 개선하기 위해 책을 읽어야 한다. 애초 남보다 유리한 조건을 갖고 태어났더라도 책을 읽어야 하는 이유는, 바로 그것을 지키거나 더 확장하기 위해서이다. 하물며 전쟁으로 극도의 혼란을 겪던 공자의 시대에도 책읽기가 신분상승의 결정적 요인이었다면, 지식기반사회라고 일컬어지는 오늘에야 그 중요성을 새삼 말할 필요가 없을 터다. 자본이 지식을 사서 더 큰 이익을 내던 시대는 지났다. 지금은 오히려 지식이 자본을 구해 더 큰 이익을 남기는 시대이다.

나는 그것을 최근 부흥기를 맞이한 영화산업에서 발견한다. 듣건대, 영화제작사는 돈 한 푼 안 들이고 영화를 찍을 수도 있다고 한다. 대중들이 원하는 문화욕구를 정확히 읽고, 이를 바탕으로 어떤 내용의 영화를 찍을 것인지만 정하면 된다. 이를 기반으로 대강의 얼개를 짜 투자가들을 설득해 자금을 마련하고, 이 자금으로 시나리오 작가, 감독, 배우를 섭외하면 된다. 영화가 망하면 투자가를 피해 숨어 살아야겠지만, 대박이 터지면 영화제작사는 큰돈을 거머쥐게 된다. 계약조건에 따라 다르지만, 대체로 영화제작사에 돌아가는 지분이 큰 경우가 많다고 한다(그럴 수밖에 없는 것이 투자가들은 다수이기 때문에 개별적으로 차지하는 비중이 낮을 수밖에 없다). 돈 한 푼 안 들이고, 정확한 기획력으로 떼돈을 버니, 정말 '손에 아무것도 안

묻히고 코 푸는 격' 이라 할 만하다. 책읽기와 사회적 성공의 상관관계는 오랫동안 등한시되었다. 책읽기가 인격도야의 지름길이라 믿는 오랜 교양주의의 영향 탓이다. 그러나 세계를 움직이는 힘이 바뀐 이상 이 점은 오히려 강조될 필요가 있다. 하물며, 공자도 그러지 않았던가.

그렇다면 책읽기가 오로지 사회적 성공이라는, 실용적인 목적에만 있는 것일까. 결코 그렇지는 않다. 이 역시 공자의 삶에서 발견된다. 앞의 자서전에서 공자는 나이 칠십 되니 마음이 하자는 대로 해도 '불유구' 라 했다. 불유구라, 무언가를 넘어서지 않았다는 말이다. 그 무엇이 바로 구(矩)인데, 이 구가 뜻하는 바는 정재서의 『이야기 동양신화』(황금부엉이, 2004)에 잘 나오니, 다음과 같다.

> 인류의 시조 복희·여와 남매가 결합하고 있는 그림은 단순한 볼거리를 넘어서 심오한 우주원리를 표현하기도 한다. 복희는 직선을 그릴 수 있는 곱자를 들고 있는데 이것은 남성원리인 양의 기운을 나타내며 여와는 원을 그릴 수 있는 컴퍼스, 곧 그림쇠를 들고 있는데 이것은 여성원리인 음의 기운을 나타낸다.

이 글에 나온 곱자가 구(矩)이고 그림쇠는 규(規)를 가리킨다. 불유구를 조금 과장해 풀이하자면, 공자는 나이 칠십에 이르러 아무렇게나 행동해도 우주의 원리에서 조금도 벗어나지 않았다는 것이 된다. 조금 경박하게 표현하면, 눈 감고 야구방망이를 휘둘러도 늘

홈런을 쳤다는 것이며, 눈 가리고 화살을 쏘았는데도 늘 과녁에 명중했다는 것이 된다. 그러니 공자가 나이 칠십에 이르러 한마디로 도가 통한 사람이 되었다는 것이고, 정확히 말하면 성인의 반열에 올랐다는 것이다. 어떻게? 신에게 기도하고 제사 지내서? 나무 밑에 자리 깔고 앉아 명상하다가? 아니다. 죽어라고 책을 읽고 토론하고 가르치면서 이 경지에 올랐다.

이것이야말로 오랫동안 책 읽는 목적으로 이야기되어 온 바다. 우리에게는 동물적, 또는 악마적, 또는 성악설적 요소가 있다. 수단과 방법을 가리지 않고 나만 잘살면 된다는 검은 구름이 우리의 맑은 마음을 가린다. 그것들이 타고난 것이냐, 아니면 살다 보니 그렇게 된 거냐 하는 철학논쟁은 여기서 거론하지 말자(내가 감당할 수 없어서 그렇다). 중요한 것은, 공자가 책을 읽으면서 우리 정신 깊은 곳에 숨어 있던 악의 요소를 마침내 깨끗이 씻어 냈다는 사실이다(극기복례!). 책은 본디 거울이지 않던가. 추한 나를 비추어 주고, 그것을 이겨 내도록 자극한다. 반성하게 하고 참회하게 하고 새로운 꿈을 꾸게 해준다. 그리하여 마침내 우리가 참된 인간이 되는 경지까지 끌고 간다. 세속에서 성인되기! 시대가 아무리 변하더라도, 그래서 설혹 우선순위는 바뀌더라도 결코 포기할 수 없는, 책을 읽어야 하는 이유 가운데 하나가 여기에 있다.

공자는 우리에게 '간증' 하고 있다. 아, 놀라워라! 책읽기의 힘은 변신에 있다, 말한다. 그 변신은, 첫째 사회신분의 상승이다. 가난하고 어려운 환경에 놓여 있더라도 책읽기는 그 사람을 높은 자리에 이르게 해준다. 두번째는 존재론적 변신이다. 우리의 몸에 흐르는 더러운 피를 정화하고 성인의 자리에 마침내 올라서게 한다. 그러니, 참으로 공자는 행복한 사람이었다. 두 마리 토끼를 한꺼번에 잡지 않았던가. 누구나 꿈꾸는 바, 개인적으로 성공하면서 사회적으로 덕을 베풀 수 있는 사람이 되는 것을 현실화한 것이다. 그러므로 나는 말한다. 책읽기는 '공자되기' 다, 라고.

2
조선시대의 책벌레, 이덕무

조선시대에 이덕무라는 선비가 있었다. 이 분이 오늘로 치자면 책벌레로 유명했다. 그래서 지금 들어 봐도 흥미로운 이야기를 많이 남겼다. 그런데 이덕무는 서자였기 때문에 세속적인 의미의 출세에는 애당초 한계가 있었다. 학자풍의 군주인 정조의 사랑을 많이 받았지만 규장각의 검서관(檢書官)이나 현감으로 만족해야 했다. 그러기에 책읽기에 더욱 매달렸는지도 모르겠다. 세상에서 헛된 이름을 얻기 위해 시간을 허비하기보다는 우주와 세계의 이치가 적혀 있는 책의 세계에 깊이 몸을 담았던 것이리라.

이덕무의 책읽기에 얽힌 일화 가운데는 눈시울이 뜨거워지는 대목이 여럿 있다. 책을 벗하는 선비에게 부귀가 따를 리 없었다. 작은 띠집에서 살았던 모양인데, 한겨울에는 무척 추웠을 것이다. 입김을 불면 성에가 일어나고, 벽면에 언 얼음이 얼굴을 비출 정도였다고 한다. 어느 날 한밤중에는 하도 추워 『한서』 한 질을 이불 위로 덮어 추위를 막았다고 한다. 그날 저녁 그렇게 하지 않았더라면 얼어 죽었을 것이라고 남 말 하듯 한다. 다른 날에는 한 모퉁이에서 매서운 바람이 불어와 등불이 크게 흔들렸단다. 바람을 막아야겠는데,

당장 방법이 없어 고심하다 꾀를 하나 내어 놓았다. 『논어』 한 권을 세워서 바람을 막았는데, 그게 효과가 있었다는 것이다. 이쯤에서 신세타령할 법도 하건만, 이덕무는 고비를 잘 넘겼다며 스스로 대견해한다. 실력 있는 학자가 그 정도로 가난할 수밖에 없는 상황에 울화가 치밀면서도, 그런 현실을 탓하지 않고 책읽기를 게을리 하지 않은 서슬퍼런 정신에 존경의 마음마저 일어난다. 그 글 끝에 이덕무는 다음과 같은 말을 덧붙여 놓았다.

> 옛사람이 갈대꽃으로 이불을 만든 것은 기이함을 좋아했기 때문이고, 금은으로 상서로운 새와 짐승을 새겨서 병풍을 만든 것 또한 지나치게 사치스러웠기 때문이니 부러워할 만한 것이 못 된다. 그러나 그에 비해 나의 『한서』 이불과 『논어』 병풍은 얼떨결에 한 것이지만 경사(經史)로 만든 것이니 어떠한가. 왕장(王章)은 병중에 소 등에 씌우는 거적을 덮었고 두보(杜甫)는 말 등에 까는 담요를 덮었으니 그보다 낫지 않은가.(『책에 미친 바보』, 「내 작은 띠집에서」)

이덕무는 자신을 일러 '책에 미친 바보'(看書痴)라 했다. 같은 제목의 글에 보면, 목면산 아래 어리석은 사람 하나가 살고 있는데 말씨는 어눌하고, 성품은 졸렬하고 게을러 세상일을 알지 못한다 했다. 남들이 욕하여도 변명하지 않았고, 칭찬하여도 잘난 척하지 않았으며, 오직 책 보는 일만을 즐거움으로 삼았기에 춥거나 덥거나 배고프거나 병드는 것에도 전혀 아랑곳하지 않았다고 한다. 책 좋아

이 얼마나 한가로운 풍경이던가. 서재를 뒤에 두고 꽃을 완상하다니. 보고 또 보아도 부럽기 짝이 없다. 어디선가 높은 소리로 지저귀는 새소리가 들릴 듯하고, 낮은 소리로 화음을 맞추는 풀벌레도 느껴진다. 하나, 이 여유가 풍요로운 것은, 아마도 칼끝 위를 걷는 듯한 긴장을 거친 다음이라 가능할 터다. 서가는 팽창하는 우주다. 그 세계에서 유영한다는 것은, 이덕무의 말대로, 우주적 유희다. 책읽기가 빚어 낸 황홀경에 빠졌던 자만이 비로소 책을 덮고 한숨 돌릴 수 있는 법이다. 그림은 겸재 정선(鄭歚)의 「독서여가」(讀書餘暇).

하는 사람들이라면, 이덕무의 심정을 충분히 이해하고도 남으리라.

정치적으로나 경제적으로나 불우했기에 이덕무의 글에는 뜻을 펴지 못한 선비의 좌절 같은 것이 스며 있다. 일종의 짧은 자서전이라 할 만한 「나 이덕무는」에서는 자기가 가난하면서도 세상의 어려운 사람들에게 은혜를 베풀려 했다고 했고, 어리석고 둔해서 한 권도 제대로 이해하지 못하는 주제에 경전과 역사책과 이야기책을 두루 읽으려 했다고 자평한다. 이 말 뒤에 "이는 세상물정을 모르는 사람이거나 바보다. 아, 이덕무야! 아아, 이덕무야"라는 구절이 나오니, 읽는 이의 마음마저 아파 온다. 자신을 책만 읽는 바보라 스스로 깎아내리지만, 이덕무는 결코 손에서 책을 놓지 않았다. 아마도 꿈에서 보고 들은 듯한 이야기인 모양인데, 그 내용은 이렇다.

키가 큰 장부가 이덕무 귀에 대고 말했단다. "너는 한숨짓는 것을 버려라"라고. 이덕무는 뜨끔했으리라. 한이 많았을 터이니까. 마음을 다잡고 "말씀대로 하겠습니다"라고 답변했다. 대화는 계속 이어진다. "성내는 버릇을 버려라", "시기하는 것을 버려라", "자만심을 버려라", "조급한 성질을 버려라", "게으름을 버려라", "명예에 대한 마음을 버려라". 그 귀신 참 주문도 많다. 하나같이 속병 든 사람이 품을 수 있는 마음을 다 버리라고 하니 말이다. 그럴 때마다 이덕무는 흔쾌히 "말씀대로 하겠습니다"라고 답변했다. 그러나 마지막 주문에는 이덕무가 반발했다. 장부가 말하기를 "서책을 좋아하는 마음을 버려라" 하였던 것이다. 이 말을 들은 이덕무, 속으로 어이가 없어 뚫어지게 쳐다보다가 이렇게 말했단다. "책을 좋아하지 않으면 저는 그럼 무엇을 해야 합니까? 저를 귀머거리와 장님으로 만들려 하십니까"라고. 그러자 장부가 이덕무의 등을 어루만지며 말했다. "잠시 자네를 시험해 본 것이라네"라고. 평생 "다른 사람이 쓴 잘된 글을 읽을 때면 미친 듯이 소리치고 크게 손뼉 치며 그 글을 내 나름대로 평가했으니, 이것 또한 우주 가운데 한 가지 유희"라고 했던 인물다운 반응이었다.

책 읽는 것을 업으로 삼다시피 했으니, 책을 제대로 잘 읽는 방법을 모를 리 없다. 오늘에도 귀담아 들을 만한 이야기를 몇 개 옮기면 이렇다.

> 책을 볼 때는 서문, 범례, 저자, 교정자 그리고 권질(卷帙)이 얼마만큼이고, 목록이 몇 조목인지를 먼저 살펴서 그 책의 체제를 구별해야지, 대충대충 넘기고서 책을 다 읽었다고 하면 안 된다.
>
> 의심나는 일이나 의심나는 글자가 있으면, 즉시 유서(類書)나 자서(字書)를 자세히 참고하라.
>
> 글을 읽을 때는 명물(名物)이나 글 뜻이 어려운 본문은 그때그때 적어서 아는 사람을 만나면 반드시 물어라.(「책을 보는 방법에 대하여」)

경서를 읽을 때에는 어떠해야 하는지도 말한다. 그 첫째는 경문을 외워야 한다는 것이고, 둘째는 여러 사람의 학설을 다 참고하여 같은 점과 다른 점을 구별해서 장점과 단점을 비교해야 한다는 것이다. 셋째는 깊게 생각해서 의심나는 것을 풀이하되 자신감을 갖지 말고, 넷째 밝게 분별해서 그릇된 것을 버리되 감히 스스로만 옳다고 여기지 말아야 한다는 것이다. 여기에 "배우고 생각하지 아니하면 어둡고, 생각하고 배우지 아니하면 위태롭다"는 『논어』의 구절을 덧붙이면 완벽한 독서론이 될 성싶다.

이덕무의 글에는 도서관의 역할과 중요성을 일깨우는 것도 있다. 책 살 돈이 없으면 구해서라도 읽어야 했으니, 굶주린 사람에게는 돈 주는 것이 구제라면, 선비에게는 책 빌려 주는 것이 같은 행위라는 주장이다.

> 아! 홀로 자신의 식견만 넓히고 벗과 함께하지 않는 일을 차마 그대는 하지 못할 것이네. 책을 빌려 주는 것은 바로 천하의 큰 보시(布施)라네.(「윤가기에게 1」)

그때에 일반인들도 자유롭게 이용할 수 있는 도서관이 있었다면, 이덕무의 한탄은 나오지 않았을 것이다.

이덕무의 글을 읽다 보면 오늘의 책벌레 자존심을 건드리는 이야기가 여럿 나온다. 대표적인 글이 「내가 그려 본 나의 모습」인데, 여기에 맥망(脈望)이라는 벌레가 나온다. 이 벌레는, 정말 말 그대로 벌레인 주제에, 신선(神仙)이라는 글자만 파먹는다고 한다. 신통한 노릇이 아닐 수 없다. 이 정도면 벌레가 아니라 신선이라 해야 마땅할 듯하다. 「책벌레만도 못해서야」라는 글에는 추국(秋菊), 목란(木蘭), 강리(江籬), 게거(揭車) 등의 글자를 갉아먹는 흰 좀벌레 이야기가 나온다. 이덕무가 자꾸 글자 파먹는 벌레를 잡아 죽일까 하다가 "그 벌레가 향기로운 풀만 갉아먹는 것이 기특하게 여겨져" 사로잡으려 했단다. 하물며 벌레도 책에서 신선이나 향초 글자만 골라먹는데, 나는 과연 책에서 무엇을 읽고자 했는가 생각하니, 얼굴이 화끈거린다.

도대체 이 재미있는 이야기를 어디서 볼 수 있는지 궁금한 사람이라면, 『책에 미친 바보』(권정원 편역, 미다스북스, 2004)를 읽어 볼 것. 거기에 '책에 신들린' 이덕무의 삶이 오롯이 담겨 있다.

3
마치 칼이 등 뒤에 있는 것 같은 자세로 읽어라!

어느 날 불현듯 떠오른 생각이 하나 있었다. 주자가 살아 있을 적에 제자들과 나눈 대화를 기록한 책인 『주자어류』에 '독서편'이 있는데, 제목대로 책읽기와 관련된 내용은 아닌지 확인해 보아야겠다 싶었던 것이었다.

서점에 나갔더니 『주자어류』 번역본이 몇 권 있는데 양이 만만치 않았다. 무엇부터 꺼내 검토해 볼까 하다가, 그 책들 옆에서 『주자서당은 어떻게 글을 배웠나』(청계, 1999) 라는 책을 보았다. '송주복 지음'이라 되어 있어 지은이가 주자서당에서 학습하는 모습을 복원했나 싶어 망설이다 서가에서 꺼내 표지를 살펴보았더니, 한구석에 '주자어류·독서법 역주와 해설'이라 되어 있었다. 판권에는 "이 글은 『주자어류』 권10 「독서법 상」과 권11 「독서법 하」를 온전히 번역하고 해설한 것이다"라고 밝혀 놓았다. 순간, 이거 횡재했군 하는 생각부터 들었다. 『주자어류』를 다 안 읽어도 목적한 바를 이루게 되었다는 도둑놈 심보가 발동했던 것이다.

주자는 제자들에게 어떤 식으로 책읽기를 가르쳤을까? 책을 다 읽고 나서 느낀 소감을 먼저 말하자면, 일견 새로울 게 없었으나 곱씹어 보니 그 하나하나가 너무나 값진 잠언들이었다라고 할 수 있다. 주자가 누구던가. 당대 최고의 철학자이자, 그의 이름을 빼고서는 동북아 철학사를 쓸 수 없는 대학자 아니던가. 비록 어록을 모아 놓아 체계성이 부족하다는 단점은 있으나, 그런 만큼 현학적이지 않고 자상하면서도 깊이 있는 말들로 이루어져 있었다.

이 책에 제일 먼저 나온 구절은 "독서는 배우는 사람의 두번째 일이다". 맨 앞에 너무 도전적인 글이 씌어 있어 당혹스러울 터. 상식으로 보건대, 옛사람들에게는 독서가 배우는 사람의 첫번째 일일 법한데, 왜 두번째라고 했을까. "일반적으로 사람이 태어나면서 갖는 도리는 선천적으로 완전하게 구비된 것이지만, 독서해야 하는 까닭은 대체적으로 우리가 아직 충분히 도리를 경험하지 못했기 때문이다. 성인은 많은 것을 경험을 통해 이해하였고, 그래서 그 이해한 것을 책에 기록하여 사람들에게 보여 준 것"이란다. 도리는 이미 주어진 것인데, 아직 그 실체를 우리가 모르므로 책을 읽어 그것을 알아야 한다는 것이다. "독서는 단지 충분한 도리를 이해하려는 행위이다. 이해하고 나면, 결국 그 이해한 모든 도리들은 자신이 선천적으로 가지고 있던 것이지, 자기의 외부로부터 굴러 들어와 첨가된 것이 아니"라는 뜻이다.

앞 대목의 고비만 넘기면 다음부터는 그리 어렵지 않다. 구구절절 옳은 말씀이라 밑줄 긋기 바쁜데, 때로는 죽비로 읽는 이의 무뎌진 감수성을 모질게 두드리는 구절도 만나게 된다. "글을 볼 때는 모름지기 …… 마치 칼이 등 뒤에 있는 것처럼 해야 한다"는 구절을 읽으며 나는 전율했다. 때로는 의무감으로, 때로는 권태감에 사로잡혀 억지로 책을 읽었던 경험이 있던 나한테는 정말 정신이 퍼뜩 드는 말이 아닐 수 없었다. 이런 구절은 너무 많아 일일이 소개하지 못할 정도인데, 글을 읽을 때는 "맹장이 병사를 운용할 때 단 한 번의 진으로 온 힘을 다해 끝까지 싸우는 것처럼", "인정 없는 가혹한 형리가 형을 다스릴 때 〔범죄 사실을〕 끝까지 추궁하여 결코 범죄자를 용서하지 않는 것처럼" 해야 한단다.

살다 보면, 예나 지금이나 크게 달라진 게 없다는 생각이 들 때가 왕왕 있다. 주자의 글에서도 그런 점을 느낄 수 있다. 그때의 사람들이 "열 번도 읽어 보지 않고 이해할 수 없는 글이라고 말한다"는 구절이나, "서책을 놓았을 때 가슴속에 책의 의미가 하나도 남아 있지 않다"는 말은 옛사람들에게 한 말이라기보다는 외려 오늘의 사람들이 들어야 할 꾸지람 같다. 동과 서가 서로 다를 바 없다는 느낌이 드는 일이 있는데, 플라톤의 주장과 유사한 대목이 나오기 때문이다. "지금 배우는 사람들은 기억하지도 못하고 또한 언제나 단지 필묵이나 문자에 기대기 때문에 더욱 잊어버리게 된다"는 것이 그것이다.

요즈음에는 책 읽는 방법이 예전과 많이 달라졌다. 필요한 정보만을 가려내 읽는 독서법도 널리 이야기되고 있다. 이런 것을 무조건 나쁘다고 할 수는 없는 노릇이다. 예전에 비해 쏟아져 나오는 책의 양이 비교할 수 없을 정도로 많은 마당에 그에 걸맞는 읽기 방법이 나와야 하는 건 당연하다. 하지만 기본을 잊어서는 안 되는 법이

편안한 자세로 책을 읽다가 퍼뜩 정신 들 때가 왕왕 있다. 책 좀 읽었다고 벌써 건방져져서 글쓴이의 고뇌를 가벼이 여기는 것이 아닌가 싶어질 때다. 그럴 적에는 책을 잠시 덮어 놓고 마음을 다스린다. 알면 읽을 필요가 없지 않은가. 몰라서 배우려 읽는 것이다. 그렇다면 태도부터 달라져야 한다. 물론, 모든 책을 진지하게 읽을 필요는 없다. 삶의 청량제 같은 책도 있는 법이고, 그런 유의 책은 편안하게 읽어도 된다. 그렇지만, 그런 예외가 너무 익숙해져 옛사람들이 책 읽을 적에 갖추었던 태도를 잊어버려서는 안 된다. 참된 것을 얻고자 하면 외줄을 타는 광대처럼, 마치 칼이 등 뒤에 있는 듯한 긴장감으로 읽어야 한다. 아, 언제나 나는 그 경지에 이를 수 있을까. 위의 그림은 조선시대에 그려진 작가 미상의 '책거리 그림'이다. 문방사우나 골동 등이 놓인 책장을 그려 선비들의 사랑방이나 서재를 장식했던 그림을 책거리 그림이라고 한다.

다. 어떤 독서법이 인기를 끌더라도 결코 훼손되어서는 안 되는, 근본적인 게 있다는 뜻이다. 주자는 그것을, 요샛말로 표현하면, '깊고 느리게 읽기'로 정의했다.

책읽기란 "마치 과일을 먹는 것과 같다. 처음에 과일을 막 깨물면 맛을 알지 못한 채 삼키게 된다. 그러나 모름지기 잘게 씹어 부서져야 맛이 저절로 우러나고, 이것이 달거나 쓰거나 감미롭거나 맵다는 것을 알게 되니, 비로소 맛을 안다고 할 수 있다"는 것이다. 누군가와 책에 대해 이야기를 하게 되면, 꼭 인용하고 싶은 구절이다. 이런 빛나는 비유가 여러 군데 나오는데, 책읽기가 마치 약을 먹는 것과 같다는 내용도 눈길을 끈다. "한 번 복용하고 어떻게 병이 나을 수 있겠는가? 모름지기 복용하고 또 복용하고 여러 번 복용한 뒤에나 약의 효능이 저절로 생기게 된다"는 것이다.

이 책의 고갱이에 해당하는 내용을 정리하자면, 이렇다. 그 첫째는 실천하라는 것이다. "배우는 사람은 들은 것이 있으면 모름지기 바로 행해야 한다"고 하였는데, 너무나 익숙한 이 말을 우리는 삶 속에서 실행하지 못하고 있다. 또 하나는 비판적 독서야말로 가장 귀하다는 말이다. "진정 선배들을 망령스럽게 논의하는 것은 옳지 않지만, 그렇다고 그들 행위의 옳고 그름을 논하는 것이 어찌 해가 되겠는가! 진정 근거도 없이 주장을 펴는 것은 옳지 않지만, 독서하면 의심이 생기고 어떤 견해가 생기니, 어쩔 수 없이 주장을 펴지 않을 수 없다"고 한다. 그럼, 어떻게 해야 비판적으로 책을 읽을 수 있을까? 주자 가라사대, "여러 학자의 주장을 정밀하게 살펴서 서로 비교하고 아울러 그 옳음을 추구하다 보면 합당하게 분별되는 상태가 저절로 생길 것이다".

옛것의 가치가 함부로 폄훼되는 시대다. 그러나 주자의 글을 읽다 보면, 그것은 가치 없는 것이 아니라, 우리가 어리석어 잊어버린 소중한 것이라는 사실을 새삼 깨닫게 된다. 『주자서당은 어떻게 글을 배웠나』에서 오늘에도 여전히 유효한 옛사람의 지혜를 만나게 된다.

4
'우격다짐' 독서론

지금은 텔레비전에서 볼 수 없는 개그맨이 '우격다짐'이란 코너로 한창 인기를 끈 적이 있다. 말 그대로 우격다짐으로 자기 주장을 펼치는데, 적절한 유머가 끼어들어 웃음보를 터트렸다. 그이와 내가 공통점이 있다면, 잘생겼다는 점에 있으니(?), 벌써 기억 속에 가물거릴 그 개그 형식에 빗대어 왜 책을 읽는지 '강변' 해 보고자 한다.

• 첫째, 책읽기는 자전거 타기다 •

나는 자전거 타기를 좋아한다. 얼마나 좋아하느냐 하면, 이 글도 막 자전거를 타고 와서 쓰고 있을 정도다. 평소보다 숨소리가 거칠어진 상태이긴 하지만, 운동을 한 덕에 정신은 번쩍 들었는지라 글을 쓰기에는 오히려 좋은 면도 있다. 내가 자전거를 타는 시간대는 주로 식사시간이 끝나고 20~30분 정도 쉬고 나서다. 점심에 가는 길과, 저녁에 자주 찾는 곳이 다르다(말이 평론가이지 사실은 백수에 가까운 나는 집에서 작업을 한다). 오후에는 해야 할 일이 있으므로 그리 많은 시간을 투자할 수 없다. 그래서 아파트 사이로 난 길을 따라 마을

끝에 있는 자전거 전용 도로를 달렸다가 오곤 한다. 걸리는 시간은 대략 30~40분. 저녁에는 운동 삼아 마음잡고 타는 만큼 호수까지 갔다 온다. 가고 오는 시간은 점심때 찾는 곳과 별반 차이가 나지 않지만, 호수를 두 바퀴나 돌고 오다 보니 걸리는 시간은 어림잡아도 60~70분 정도다.

자전거를 타다가 어느 날 갑자기 내가 왜 이 운동을 즐기는지 생각해 본 적이 있다. 물론 이런 생각이 들 때 자전거의 속도는 현격히 줄어들게 마련이다. 운동이라기보다는 소요라고 하기에 적당한 속도로 자전거를 몰면서 머릿속에 떠오른 의문을 풀어 나가 보았다.

다른 무엇보다 자전거를 타면서 느끼는 속도감과 상쾌함 때문에 나는 이 운동을 좋아하는 듯했다. 다른 때보다 한여름 밤에 자전거를 타노라면, 정말 온몸을 감싸고 있던 덮개가 한 꺼풀 벗겨지는 듯한 착각에 빠지기까지 한다. 더위에 지친 몸을 어렵게 움직여 가며 달리노라면, 바람이 가슴에 부딪히며 눈에 보이지 않는 불꽃을 터트린다. 흥미로운 것은, 그 어느 바람도 내가 만들어 낼 수 없지만, 자전거를 타면서 맞이하는 바람은, 내가 몸을 움직였기에 느낄 수 있는 바람이라는 점이다. 그것은 나를 마치 바람개비로 만드는 것과 같다. 바람개비는 바람이 불지 않아도 돌아간다. 저절로 돌아가는 것이 아니라, 그것을 쥔 사람이 달려가면서 바람을 스스로 불러일으킬 적에 돌아간다. 자전거를 타며 땀을 식힐 때 나는 바람개비가 된 듯한 환상에 빠진다.

자전거 타기를 즐기는 두번째 이유는 건강에 좋아서다. 한방에서 말하는 체질론에 따르면, 나는 전형적인 태음인이다. 이 체질의 문제점은 본능적으로 쌓아 두려고만 하지 내보내려고는 하지 않는다는 것. 무척 어려운 말 같지만, 태음인은 비만이 될 가능성이 크다는 뜻이다. 비만이 '공공의 적'이 된 것은 이미 오래전의 일이다. 그러다 보니 체질에 관한 글을 보면, 태음인에게 이구동성으로 권하는 게 땀을 흘릴 정도로 운동을 하라는 것이다.

격렬한 운동을 하라는 말인데, 전형적인 책상물림인 나 같은 사람은 몸을 움직이는 게 귀찮기만 하다. 그러니 자꾸 아랫배가 남산만 해진다. 이거, 큰일이다 싶어 운동을 해야겠다 마음먹지만 태생적으로 몸 움직이는 걸 싫어하다 보니, 살이 빠질 리 없다. 한마디로 악순환이다. 이 악순환의 고리를 깨기 위해서는 운동에 재미를 붙여야 한다. 그런데 자전거 타기는 그 자체가 어렵지도 않고 돈이 드는 것도 아니고 특별한 시설을 갖춘 운동장을 요구하는 것도 아니다. 몸을 안장에 얹고 발로 페달을 구르기만 하면 된다. 이게 별것 아닌 것 같은데도 한 시간가량 타고 나면 땀이 나니, 비록 격렬하지는 않을지언정 몸에 좋은 것만은 분명하다.

그런데, 어느 날 자전거를 타고 가다 나는, 불현듯이 떠오른 또 다른 생각이 있어 아예 자전거를 세운 적이 있다. 갑자기 나는 자전거 타기야말로 책읽기와 같다는 데 생각이 미쳤던 것이다. 아이고, 그 사람 직업 못 속이네, 라고 비아냥거려도 할 수 없고, 뭐 거창한 거라도 있나 했더니, 별 볼일 없는 이야기라 무시해도 할 수 없다. 하나, 나는 책읽기와 자전거 타기가 유사하다는 착상에 스스로 만족해했다. 정말 뛰어난 비유가 아닌가 하고 스스로를 추켜세웠다. 그럼 어디 한번 그 이유를 말해 보라고? 채근하지는 말 것. 그것을 말하려고 이 글을 쓰고 있으니까.

자전거 타기는 자동차 운전과 여러 면에서 비교된다. 현대인들은 목표한 지점에 좀더 빨리 도착하기 위해 기술을 발전시켜 왔다. 그 대표적인 경우가 자동차다. 그런데 자동차 기술의 발전은 빠르기뿐만 아니라 자동이라는 점도 강조하고 있다(당연히 안전성도 포함되어 있지만, 여기서는 논외로 한다). 세계적인 자동차 회사는 이미 운전자가 손을 대지 않아도 움직일 수 있는 자동차 개발에 박차를 가하고 있다. 운전자의 개입을 최소화하는 것을 목표로 하는 자동차는, 따지고 보면 영화로 대표되는 이미지 매체와 상당히 유사하다. 눈앞에 펼쳐지는 장면을 그저 보고 즐기기만 하면 된다. 만약 손과 입이 심심하다면, 팝콘을 집어먹으면서 얼마든지 감상할 수 있다.

그러나 자전거 타기는 운전자의 지속적인 개입을 요구한다는 점에서 책읽기와 유사하다. 책을 읽는다는 것은 눈으로 문자를 훑어서 뇌에 입력하는 단순 작업을 일컫지 않는다. 감탄하거나 비판하거나 상상하거나 다른 것을 꿈꾸면서 읽는다. 쓴 사람이 만들어 놓은 울타리 안에 갇혀 있는 것이 아니라, 읽는 사람이 주체적으로 씌어진 것을 새롭게 해석하거나 재구성한다. 자전거 배우던 시절을 떠올려 보자. 뒤에서 자전거를 잡아 주던 아버지가 어느 순간 손을 놓아 버린다. 자전거가 옆으로 쓰러지려 할 때 아버지는 페달을 계속 밟으라고 성화를 부린다. 운전자가 적극적으로 개입하지 않으면 안 되게 되어 있는 것이 자전거 타기다. 읽는 이가 적극적으로 참여할 때 비로소 그 최종적 의미가 완성되는 것이 바로 책이다.

영상매체가 문화의 우세종으로 자리 잡은 지 오래다. 더 이상 책을 읽지 않아도 되는 것처럼 떠벌리는 거짓 선지자들이 세상을 호도하기도 했다. 이런 시대에 한번쯤 생각해 볼 만한 풍경이 가끔 거리에서 연출된다. 비싼 자동차 뒤에 자전거를 싣고 야외나 산으로 가는 사람들이 늘어나고 있다. 왜 그이들은 굳이 자전거를 타려고 할까. 영상시대에 책읽기의 가치를 옹호하는 까닭은, 도로가 자동차로 넘쳐 나는 이 시대에도 여전히 자전거를 즐겨 타는 이유와 비슷하다.

• 둘째, 책읽기는 이종범이다 •

이종범 씨는 남다른 데가 많은 야구 선수다. 잘 때리고 잘 잡는 그의 플레이는 관중들의 사랑을 받을 만하다. 하긴, 일본에 건너가서 실력을 제대로 발휘하지 못해 그 빛이 바랜 면도 있지만, 귀국한 다음 보여 준 그의 화려한 플레이는 옛 명성을 되찾기에 부족함이 없다. 책읽기 이야기를 하다 뜬금없이 야구를 말하니, 독서와 이종범이 무슨 관계가 있나 궁금할 터이다. 나는 지금 이종범 선수의 장기 하나를 말하지 않음으로써 호기심을 자극하고 있다. 그는 발이 빠른 선수다. 그래서 1루타성 안타로 2루까지도 간다. 그리고 도루를 자주 감행한다. 이것은 두 가지의 파생효과가 있다. 첫째는 한 개의 루를

책을 읽어야 하는 이유를 말할 때마다 힘에 부친다. 주로 강연하면 알게 되는데, 아무리 뛰어난 수사를 동원해 말해도 졸거나 심드렁하는 사람이 눈에 띄게 마련이다. 도전이라 여기기는 한다. 더 세련되고, 더 현대적으로, 더 새로운 가치로 책읽기의 목적을 말해 보자, 라고 말이다. 그럼에도 섭섭한 마음이 든다. 책 읽는 게 결국 누구에게 도움이 될 터인데, 왜 내가 목이 터져라 말해야 하는가, 그리고 일부 사람들은 왜 내 말에 귀 기울이지 않는가 하고 말이다.

책은 나를 성장하도록 이끈다. 정신적으로 성숙하게 할 뿐만 아니라, 사회에서 요구하는 다양한 능력을 갖추게 해주기 때문이다. 책은 징검다리이니, 이곳에서 저곳으로 넘어갈 수 있도록 도와준다. 그런데 왜 사람들은 아직 모르거나 알려고 들지 않을까. 허탈한 마음으로 강연장에서 돌아오며 품는 의문이다. 위의 그림은 레옹-오귀스탱 레르미트(Leon-Augustin L'hermitte)의 「읽기 수업」(*La leçon de lecture*)이다.

거저 얻는다는 것이다. 안타 치기가 어디 쉬운 일이던가. 그런데 죽어라 뛴 덕에 한 루를 더 간다면 그것보다 즐거운 일이 어디 있겠는가. 다른 하나는 발 빠른 주자가 루에 나가 있으면 투수의 집중력이 현격히 떨어진다는 점이다. 언제 도루할지 모르다 보니 주자 견제하랴, 타자하고 승부하랴, 투수가 정신이 없는 것. 발이 빠르면 수비에서도 빛을 발한다. 안타성 타구도 빠른 발을 이용해 잡아내기 일쑤. 잘 쳐낸 공도 잡혀 허탈해하는 타자를 떠올려 보면 이 말을 쉽게 이해할 수 있을 성싶다.

야구는 때리고 잡는 것을 집중적으로 가르친다. 그래서 많은 선수들은 때리고 잡는 것만 땀 흘리며 연습한다. 하지만 정작 훌륭한 선수는 잘 때리고 잘 잡을 뿐만 아니라 빨리 달리기도 한다. 그렇다면 달리기는 어디서 배울까. 그것은 야구만의 영역이 아니다. 모든 스포츠가 요구하는 기본기이다. 말하자면 체육의 영역인 것이다. 책읽기는 이와 꼭 같다. 눈에 보이는 것은 때리고 잡는 것이다. 지금 당장의 요구에 응하는 정보는 디지털 매체에 적합하다. 그러나 잘 달리면 게임을 훨씬 유리하게 이끌어 갈 수 있다. 오늘의 우리 삶을 반성하게 하고 새로운 세계를 꿈꾸게 하는 것은 책읽기다. 더욱이 정보 홍수 시대에 가치 있는 정보를 검색할 수 있는 가장 기초적인 능력은 책읽기에서 길러진다. 이종범의 존재는 책읽기의 유효성을 설명하는 데 적절한 예가 된다.

지난 여름, 포항에 갈 일이 있었다. 거기만 달랑 들르기에는 시간과 돈이 아까워 부산을 일정에 넣었다. 부산 찍고, 포항에 가기로 한 것이다. 영산대에서 교편을 잡고 있는 배병삼 교수를 만나는 자리에 김용석 교수가 나와 주셨다. 어떤 주제가 나오든 해박한 지식으로 이를 풀어 나가는 두 고수들의 '말의 향연' 을 지켜보는 것은 황홀한 경험이었다. 이야기가 무르익는 과정에서 '왜 책을 읽어야 하는가' 를 주제로 삼게 되었다. 이때 김용석 교수가 한 말이 눈먼 장님의 눈을 뜨게 하는 기적과도 같은 깨달음을 안겨 주었다. 이야기인즉슨 이렇다.

김교수 가라사대, 철학자의 입장에서 볼 적에 선한 것과 악한 것을 가릴 수 있는 잣대가 있단다. 그냥 놔두어도 저절로 이루어지는 것은 악한 것이고, 애를 써서 해야 겨우 이루어지는 것은 선한 것이란다. 역시 철학자답게 주장만 한 것이 아니라, 그것을 뒷받침할 근거를 제시했다. 청소하는 것보다 안 하는 것이 편안하다. 청소를 안 하면 방안에 먼지가 가득 쌓인다. 먼지가 많으면 건강에 해롭다. 그러니까 청소를 안 하는 것은 악한 것이고 청소하는 것은 선하다. 예는 얼마든지 들 수 있다. 운동하는 것보다 안 하는 것이 편하다. 몸을 움직이는 것이 여간 귀찮은 일이 아니지 않던가. 운동 안 하면 건강이 나빠진다. 사십 줄을 넘어섰다면 성인병에 걸리기 쉽다. 당연히 운동을 안 하는 것은 악한 것이다.

책 읽는 것은 보통 괴로운 일이 아니다. 알지도 못하는 말이 나와 읽는 이를 괴롭히는 것은 다반사이고, 그동안 자신의 삶을 지탱해 준 세계관을 정면으로 비판하는 책을 만나면 뒤통수를 호되게 맞은 듯 당황하기도 한다. 너무 고상하게 표현한 모양이다. 막말로 하면, 책을 보느니, 누워서 텔레비전을 보거나 팝콘 먹으며 영화 보는 게 훨씬 편하다. 아무리 지식으로 무장한 사람이라도 긴장을 풀고 오락 프로그램을 보다 보면, 절로 입이 벌어지고 침 흘리며 실실 웃게 되어 있다. 영화야 말하면 무엇하랴. 감히 상상도 못 해본 일들이 화면 곳곳에서 펼쳐지니, 어느 영화 광고대로 와서 즐기기만 하면 된다. 하지만 어디 책이 그렇던가. 무슨 말인지 꼼꼼하게 따져 보며 읽어야 하고, 슬쩍 숨겨 놓았던 것이 어디서 고개를 들어 반전을 일으키는지 두 눈을 부릅떠야 한다(오죽하면 복선이라는 문학용어가 다 있겠는가).

책읽기는 괴롭다. 밥숟갈에 먹을거리를 떠서 입에 넣어 주는 장르가 결코 아니다. 하나, 책읽기는 우리를 자극하고 성장시킨다. 사전을 뒤적여 보게 하고, 다른 책을 참고하게 하며, 그것이 상징하는 바는 무엇인지 생각해 보도록 한다. 더욱이 책은 그것을 읽으며 상상하게 한다. 책은 스스로 완결된 구조를 갖추지 않고 있다. 읽는 이가 책을 덮으며 그 의미를 정의할 때 비로소 완결된다. 괴롭지만, 두루 얻는 게 많은 것이 책읽기다. 그렇다면, 단언할 수 있지 않은가. 책읽기는 선한 것이고, 책 읽지 않는 것은 악한 것이다.

• 넷째, 책읽기는 러셀의 자서전이다 •

얼마 전 그 유명한 러셀의 자서전을 읽었는데, 이 책이 그런 명성을 얻을 만하다는 것은 서문만 읽어도 금세 확인할 수 있다. 러셀은 서문에서 자신의 인생을 지배한 세 가지 열정을 털어놓았는데, 사랑에 대한 갈망, 지식에 대한 탐구욕, 인류의 고통에 대한 참기 힘든 연민이 그것이었다. 사랑에 탐닉한 것은 지독한 외로움을 덜어 주었기 때문이란다. 물론, 희열도 만끽할 수 있었다. 사랑만큼이나 빠져 들었던 것은 지식에 대한 열망이었다. 사람들의 마음을 알고 싶었고, 하늘의 별이 왜 반짝이는지 궁금했으며, 피타고라스를 이해하고 싶었단다. 사랑과 지식이 러셀을 천국으로 이끌었다면, 연민은 "지상으로 되돌아오게 했다". 러셀은 가난하고 소외되고 핍박받는 사람들의 편에 서고자 했던 것이다.

거인 러셀을 버티게 한 세 기둥을 내 것으로 만드는 데 결정적인 도움을 주는 것은 바로 책읽기다. 책은 사랑을 가르쳐 준다. 상상하는 것이란 남의 마음을 이해하는 것의 다른 이름일 뿐이다. 책은 지식을 획득하는 가장 좋은 매체다. 우리가 지금껏 책을 읽지 않았다면 어떻게 지식을 얻을 수 있었겠는가. 읽은 만큼만 알 뿐이다. 책은 연민의식을 키워 준다. 내 삶의 토대와 다른 이들의 고통을 절절하게 담아 우리의 눈물샘을 자극하고 있어서다. 결국 러셀의 삶 자체는 책읽기의 가치를 증명하고 있으며, 무엇이 참된 삶인가를 일러주고 있다. 이왕 사는 바에 악한 것을 하는 것보다 선한 것을 즐기는 것이 좋다고 생각하지 않는가. 그리고 사랑과 지식과 연민을 추구하며 사는 게 행복하지 않을까. 이 말에 동의한다면, 감히 말하노니, 책을 읽어야 하리라.

5
책읽기와 저축하기

대학에서 강의를 하고 있다. 내가 맡은 과목 가운데, 이름하여 '양서와의 만남' 이란 것이 있다. 처음 강의 맡을 때 과연 강의가 제대로 진행될 수 있을지 걱정스러웠다. 강좌 이름으로 보건대, 폐강될 가능성이 높아 보였던 것이다. 책 안 팔린다는 아우성을 귀 따갑게 들어 온 나로서는, 디지털 시대를 사는 청년들이 이 강좌를 신청할 리 없으리라 미루어 짐작했다. 거기다 '촌스럽게' 양서와의 만남이라니. 청소년 시절 읽지 않으면 안 되는 것처럼 하도 성화를 부려 읽어 보다 따분하고, 지루하고, 어려워 내던져 버린 것이 그 양서일 텐데, 강좌를 신청하겠는가 싶었다.

그런데, 아뿔사, 미처 생각하지 못한 것이 있었다. 교양강좌란 학생들 사이에 학점 따기 편한 과목이라는 통념이 널리 퍼져 있었다. 읽는 것이 아니라 듣는 것이라면, 대충 시간을 보내고 괜찮은 학점을 받으면 된다는 '암산' 이 있었던 것을 몰랐다. 출석부를 받아 보니, 학생 수가 너무 많았다. 90명이나 신청을 한 것이다. 분명 강의계획서에 한 권의 책을 선정해 함께 읽고 토론하는 수업이라고 밝혀 놓았거늘, 그것마저 읽지 않고 수강신청을 한 게 분명했다. 그래서 꾀를 부렸다. 첫 강의 시간에 엄포를 놓기로 한 것이다. 이번 학기에 함께 읽어야 할 책이 무려 다섯 권이다, 귀동냥으로 때우는 강의로 여겼다면 지금 수강신청을 변경하라, 라고 하면 상당수가 떨어져 나갈 것이라 예상했다.

예상은 맞아떨어졌다. 말이 끝나자마자 서둘러 가방을 싸서 나가는 학생들이 속출했다. '작전' 대로 되니 속으로 쾌재를 불렀지만, 한편 씁쓸한 생각이 들기도 했다. 한 학기에 다섯 권의 책을 읽는 게 부담스러워 수강을 포기할 정도면 평소 얼마나 책을 읽지 않는 것일까. 그래도 반이나 남아 있는 '신통한' 학생들에게 물었다. 한 달에 책 세 권 이상 읽는 사람 있으면 손들어 보라고. 남학생 한 명이 번쩍, 손을 들길래, '결정타' 를 날렸다. 만화책은 제외하고, 라고 했더니, 얼른 손을 내렸다. 아무리 귀에 못이 박히게 들어오더라도 현장에서 확인하면 충격을 받게 되어 있다. 대학생들이 책을 읽지 않는다는 소리를 늘 들어 왔지만 정작 그 사실을 두 눈으로 확인하는 순간, 아찔, 하지 않을 수 없었다.

왜 오늘의 젊은이들은 책을 읽지 않을까, 그리고 그것이 오로지 이들만의 책임일까, 하는 생각이 들었다. 암울해지고 답답해졌다. 첫 강의가 웅변조로 끝난 이유가 여기에 있다. 그러나 강의를 마치고 돌아오면서 오늘의 청년들을, 역설적인 의미에서 이해할 만하다는 상념이 불쑥, 들었다. 먼저 그들이 책을 읽지 않는 것은 우리 사회에 책을 읽고 성공한 사람이 드물기 때문이다. 금력과 권력이 판치는 세상에서 지식과 지성의 가치는 그 어디에서도 찾을 수 없다.

에라스무스(Erasmus)는 행복한 사람이었다. 과거의 것을 부정하고 새로운 시대를 꿈꾸었기 때문이다. 에라스무스는 불행한 사람이었다. 현실의 격랑 앞에서 자신의 지식과 교양이 얼마나 약한지 깨달았기 때문이다. 에라스무스의 운명은 책벌레의 그것과 너무나 닮았다. 책은 거짓과 위선, 그리고 권력의 타락을 눈치 채게 해준다. 그러나, 책은 어디까지나 관념의 덩어리일 뿐, 현실 앞에 너무 무력하다. 그럼에도 책읽기의 가치는 훼손되지 않는다. 에라스무스는 현실에서 실패했더라도 그의 책은 고전으로 자리 잡았다. 현실과 치열하게 맞서고, 더 나은 세상에 대한 꿈을 포기하지 않은 이들이 누릴 수 있는 영광이다. 지금 당장 어떤 대가를 주지 않더라도 책읽기는 우리에게 변하지 않을 그 무엇인가를 안겨 준다. 더욱 놀라운 것은, 그것이 없고서는 우리 삶이 행복하지 않다는 것이다. 책벌레는 어쩌면 이런 역설을 견뎌낼 줄 아는 이들인 듯싶다. 위의 그림은 퀜틴 마시스(Quentin Massys)의 「로테르담의 에라스무스」.

수단과 방법을 가리지 않고 남보다 앞서야 성공할 수 있는 곳이 바로 우리 사회다. 더욱이 디지털 혁명의 시대를 맞이하여 즉각적인 효과가 나타나지 않으면 그 어떤 매체도 살아남기 힘들어지고 있다. 견고한 성채로 또 하나의 권부를 이루었던 종이신문이 몰락하고 있는 광경을 두 눈으로 목격하고 있지 않은가.

하지만, 나는 다시 청년들에게, 시대착오적이라는 비아냥을 듣더라도, 책을 읽어야 한다고 말하기로 마음먹었다. 첫 강의 시간에는 전통적인 독서론을 소개하고, 새로운 시대의 독서론을 장황하게 떠벌렸다. 그런데 그 정도로는 학생들의 마음을 움직이는 데 큰 힘이 되지 못했을 성싶다. 그래서 다음 시간에는 새로운 비유를 들어 책을 읽어야 하는 이유를 설명하기로 했다. 내용인즉슨 이렇다. 책읽기는 마치 여투는 것과 같다. 물 쓰듯 써도 모자랄 판에 아껴서 여툰다는 것은 결코 쉬운 일이 아니다. 절제해야 하며 내일을 생각해야 한다. 거기다가 셈해 보면, 늘어나는 이자는 얼마나 적던가. 그러나 여투는 것에는 미덕이 있다. 지금 당장 목돈이 되는 것은 아니지만, 꾸준히 성실하게 모아 놓으면 언젠가 큰 힘이 되는 법이다. 책읽기가 이와 같다. 읽자마자 어떤 효과가 나타나는 것은 아니나, 그것이 온축되면 절로 큰 힘을 발휘하게 마련이다. 그 힘이란, 세속적인 의미의 성공을 뒷받침하는 실력으로 나타나기도 하나, 그것보다 더 큰 가치가 있는 삶의 지혜로 드러난다.

저축하기는 증권투자와 대비된다. 적은 돈을 잘 굴리면 큰돈이 된다. 그 효과는 나중에 거두는 것이 아니라, 즉각 얻는 것이다. 증권투자야말로 오늘의 시대정신을 상징한다. 그러나 청년들이여, 빚을 내면서까지 증권투자에 뛰어들었던 사람들의 말로를 기억하라. 저축해서 망했다는 사람은 보지 못했으나, 증권에 투자했다 패가망신한 사람은 여럿 보았다. 대박을 터트린 사람도 있다고? 얼마든지 가능한 반박이다. 그러니, 증권투자를 하지 말라는 것은 아니다. 오로지 증권에만 투자하는 것은 위험하다는 뜻이다. 오히려 안정적인 투자를 위해서라도 저축에 힘을 써야 한다. 전문가들도 모아 놓은 돈으로 투자하는 것을 장려하지 않던가.

이야기가 여기에 이르면, 나는 다시 웅변조로 강의를 맺을 듯하다. 지금 당장 쾌락과 효용을 안겨 준다는 '이미지'라는 이름을 가진 뱀의 유혹에 넘어가지 마라. 그 대가는 참으로 쓰디쓰니, 끝내 지식과 교양의 동산에서 쫓겨나고 말리라. 그러니, 청년들이여, 제발 책 좀 읽어라, 라고 말이다.

6
책은 미래다

책벌레로 소문이 난지라, 책을 읽지 않는 세대에게 왜 책을 읽어야 하는지를 설명해야 할 경우가 왕왕 있다. 개인적으로 이런 자리는 피할 수만 있다면, 피하고 싶은 것이 솔직한 심정이다. 벌써 밑천이 떨어져 할 말이 없어서가 아니라, 만고의 진리를 새삼 말해야 한다는 것이 곤혹스럽고 짜증나서이다. 그렇다고 피할 수는 없는 노릇이다. 지금 상태를 방관했다가는 큰일 날 것 같은 위기감마저 드는 까닭이다. 한쪽에서는 떠들고 다른 쪽에서는 졸더라도 온 힘을 다해 젊은이들에게 책을 읽어야 하는 이유를, 침을 튀겨 가며, 떠벌린다. 동원할 수 있는 최대의 수사(修辭)와 호소력 있는 사례를 들어 말하고는 하는데, 그 가운데 이런 내용도 있다.

영상 시대인 오늘날, 책을 읽어야 하는 이유는 부가가치를 만들어 내는 생산자가 되기 위해서다. 프랜시스 포드 코폴라 감독이 찍은 「지옥의 묵시록」이 그 한 예이다. 이 작품은 조지프 콘래드(Joseph Conrad)의 장편소설 『암흑의 핵심』(이상옥 옮김, 민음사, 2000)을 저본으로 삼고 있다. 소설을 영화로 만든 것이 한둘이 아닌 마당에 조금 식상한 예가 아니냐고 딴죽을 걸 수도 있으리라. 그러나 나는, 「지옥의 묵시록」은 여느 작품과 다르다고 생각한다. 여기서 잠깐, 원작을 읽지 않은 사람을 위해 친절하게도 내가 쓴 독후감의 일부를 실어 놓는다.

『암흑의 핵심』을 읽고 느꼈던 실망감은 참으로 오래갔다. 혹 주변에서 「지옥의 묵시록」을 이야기할라치면, 바탕이 된 소설보다 영화가 훨씬 낫다고 떠벌렸다. 남들이 명작이니 좋은 책이니 하는 것을 무조건 수긍해야 할 이유는 없다. 시대와 사람마다 목록이 얼마든지 달라질 수 있는 법이다. 그런 점에서 내가 『암흑의 핵심』을 평가절하한 것은 비판받을 일이 아니다(나는 『폭풍의 언덕』도 명작의 반열에 오를 만한 작품이 아니라고 생각한다). 다수가 동의하는 어떤 사실을 논리적 근거를 바탕으로 반박하는 일은 거짓 우상을 파괴하는 지적 즐거움을 가져다준다. 그런데 주의할 점이 하나 있다. 남들이 입을 모아 명작이라 하는 작품에는 분명 함부로 무시할 수 없는 어떤 요소가 있을 가능성이 높다는 것이다. 내가 『암흑의 핵심』을 다시 읽기로 한 이유다. 왜 이 작품을 높이 평가하는 사람들이 많은지를 이해하기 위해 다시, 읽어 보기로 한 것이다. 책읽기의 가치는 남을 이해하는 데 있다. 어차피 책을 쓴 사람은 남이다. 그 사람이 무슨 말을 하고자 했는지 귀를 기울이면 나의 세계를 넓혀 나갈 수 있다. 나는 다시 읽으며 이번에는 작품을 쓴 작가가 아니라, 그 책을 높이 평가한 사람들을 이해하기로 한 것이다.

『암흑의 핵심』은 엄밀한 의미에서 「지옥의 묵시록」의 원작이 아니다. 소설을 영화로 만들 적에 책 내용을 그대로 옮기는 경우는 별로 없다. 대체로 감독의 독창적인 작품 해석이 반영되게 마련이다. 그런데 「지옥의 묵시록」은 『암흑의 핵심』과 시대 및 공간 배경이 전혀 다르다. 『암흑의 핵심』은 19세기말 아프리카 콩고가 그 배경이나, 「지옥의 묵시록」은 20세기의 베트남전을 배경으로 깔고 있다. 그러니까 「지옥의 묵시록」은 『암흑의 핵심』의 구성과 주제의식만을 영화로 되살려 놓은 것이다. 내가 두 번 읽게 된 『암흑의 핵심』의 줄거리는 다음과 같다.

말로라는 이름의 바다 사나이가 어릴 적 품은 꿈대로 아프리카 콩고로 떠난다. 직업을 바꾸었나 싶겠지만 그렇지는 않다. '전공'을 살려 선장으로 일하게 되었는데, 전과 다른 게 있다면, 이번에는 "껄렁한 기적이 달린 하찮은 하천 운항용 기선"의 선장이 되었다는 점이다. 용이 이무기 된 꼴이다. 처음부터 일은 꼬여 갔다. 말로가 운행해야 할 배가 크게 파손되어 있었다. 배를 고치는 동안 말로는 중요한 정보를 얻었다. 같이 일하는 사람들한테 드문드문 커츠라는 인물에 대한 이야기를 듣게 되었던 것이다. 강을 따라 올라가면 밀림 깊은 곳에 그가 있다는 것과, 그곳에서 상아를 내보내고 있다는 것 등을 알게 되었다. 더욱이 그가 지금은 죽을병에 걸려 있다는 것과 밀림의 깊은 곳에서 상식으로는 이해되지 않는 일을 저지르고 있다는 것도 들었다. 나중에 안 일이지만 말로가 콩고에서 선장으로 임명된 것은 커츠를 그곳에서 데려오기 위해서였다.

『암흑의 핵심』에는 구체적이고 직설적으로 말해지는 것이 없다. 말

영화를 보다 혀를 내두른 적이 한두 번 아니다. 쏟아붓는 돈을 생각하면 대중성을 추구할 수밖에 없다. 딸린 식구도 많다. 아무리 분업화하고 전문화했더라도 두루 챙겨야 한다. 누군가 영화감독이 공사판 감독과 다를 바 없다 말한 적이 있는데, 수긍이 간다. 감독이 받아야 할 압박과 중압감은 상상을 넘어설 듯싶다. 그럼에도 주제와 내용을 포기하지 않고 끝까지 물고 늘어지는 것을 보면, 존경심마저 일어난다. 말이 좋아 대중성과 작품성을 두루 갖추었다 하지, 그게 어디 쉬운 일인가. 내가 영화감독들을 주목하고, 그들이 놀라운 성취를 이룬 동기가 무엇일까 톺아본 이유다. 결론은, 책읽기다. 능동적이고 비판적이며 창조적 책읽기. 책은 모든 문화의 거대한 뿌리다. 위 사진은 조지프 콘래드의 『암흑의 핵심』 표지(왼쪽)와 프랜시스 포드 코플라 감독이 그 책을 재해석해 영화로 만든 「지옥의 묵시록」 포스터(오른쪽)이다.

로가 콩고에 도착한 이후 무언가 불길한 기운이 도는 듯한 분위기를 만들었을 뿐이고, 커츠의 진면목 또한 속 시원하게 그려 놓지 않는다. 오로지 그에 대한 여러 사람들의 무성한 말만 있을 뿐이다. 이런 묘사력 덕에 무언가 큰일이 터질 것 같다는 긴장감 속에 커츠라는 인물에 대한 궁금증이 증폭한다. 감질나지만 어떻게 할 도리가 없다. 작가의 '복화술'을 읽어 내려면 참고 집중할 수밖에 없다. 마침내 말로는 배를 수선해 커츠가 있는 곳으로 가게 되었다. 이쯤되면, 작품의 제목——늘 그런 것은 아니지만 때로는 제목이 뜻하는 바가 작품의 주제와 일치하는 경우가 있다——을 어느 정도 이해하게 된다. 제국주의를 구가하던 당시의 유럽인들에게 아프리카는 문명의 암흑지대였을 법하다. 그런데 콩고라는 지역은 그 아프리카의 한가운데 있다. 핵심이라는 말이다. 그러면 책 제목은 다 이해되었냐 하면, 그렇지 않다. 말로 일행이 "머리는 바다에 닿고, 꾸부정한 몸뚱이는 멀리 광활한 대륙에 놓여 있었으며, 꼬리는 그 땅의 오지에 감추어져 있"는 강줄기를 거슬러 올라가고 있지 않은가. 도대체 무엇이 숨어 있을지 모르는 밀림의 가장 깊숙한 곳으로 다가가고 있는 것이다.

속단은 아직 이르다. 책 제목이 상징하는 바는 커츠라는 인물을 정확하게 이해할 때 비로소 온전하게 밝혀지게 된다. 그러나 이것이 문제다. 앞서 말한 대로 이 작품 어디에서도 커츠가 무엇을 했고 어떤 것을 노렸는지 뚜렷이 드러나지 않는다. 역시 다른 사람의 증언과 불길한 예감을 주는 문장으로 대신하고 있을 뿐이다. 아마도 이래서 내가 영화가 훨씬 낫다고 한 모양이다. 영화에는 커츠 대령이 만든 잔혹한 신세계가 잘 묘사되어 있다. 그럼에도 짐작은 할 수 있다. 커츠가 밀림에 새로운 공동체를 세운 것이 확실하다. 그곳에서 커츠는 자신의 욕망을 방해하는 어떤 행위도 용서하지 않았으며, 토박이들을 잔혹하게 다루며 군림했을 터다. 커츠는 암흑의 상징이다. 우리가 애써 보려고 하지 않지만, 보지 않을 수 없는 인간의 타락한 정신을 대표하고 있는 것이다. 여기에 이르면 제목이 뜻하는 바가 무엇인지 알게 된다. 아프리카도, 콩고도, 밀림도 중요하지 않다. 그 먼 길을 돌아 마주한 것은 커츠로 상징되는, 전율하지 않을 수 없는 극히 악마적이며 타락한 본성인 것이다.

『암흑의 핵심』은 여기서 끝나지 않는다. 도대체 "연민과 과학과 진보"를 "전파하는 사자"였던 커츠가 암흑의 핵심이라는 심연에 떨어진 연유가 무엇인지를 고민해야 한다. 앞에서 제목의 상징성을 해명하기 위해 시야를 아프리카에서 콩고로, 밀림으로, 커츠의 내면으로 좁혀 왔다면, 이번에는 정반대로 넓혀야 한다. 그것은 아프리카를 지배하고자 했던 서구의 제국주의적 열망이야말로 그 시대 암흑의 핵심이었다고 해석할 수 있기 때문이다. 제국의 이익을 위해 어떤 일이 벌어졌는가는 역사가 증명하고 있다. 겉으로는 식민국가의 계몽과 발전을 내세웠지만, 그것은 거짓말이었다. 식민국가는 정치적·경제적·문화적 종속의 길을 걸었다. 제국의 야욕은 식민지에 대한 수탈에 머무르지 않았다. 더 많은 이익을 노린 탐욕 때문에 제국끼리의 전쟁으로 치달았다. 암흑의 핵심에 놓여 있는 것이 광기라면, 이보다 더한 광기는 없을 터이다. 서구문명의 타락을 한 개인의 차원에서 실현한 것이 커츠였다면, 커츠의 악마성은 19세기 서구제국주의에서 전염된 것이다.

다시 본론으로 돌아가, 「지옥의 묵시록」은 소설을 저본으로 삼았으되, 원작에 발목 잡힌 문예영화가 아니다. 작품의 주제의식과 얼개를 빌렸으나, 이를 놀라울 정도로 창조적으로 변형해 소설을 뛰어넘는, 또 하나의 걸작을 만들어 냈다. 비유하자면, 「지옥의 묵시록」은 『암흑의 핵심』을 장대 삼아 도전한 높이뛰기 경기에서 기존의 기록을 깨는 신기록을 세운 꼴이다. 2003년 우리는 이런 경우를 또 한 번 확인했다. 한국영화의 주가를 한껏 올린 박찬욱 감독의 「올드보이」가 그것이다. 널리 알려져 있다시피, 이 영화는 같은 제목의 일본만화에 빚지고 있으나, 원작의 성취도를 넘어서는 것으로 평가받았다.

코폴라와 박찬욱 감독의 성공은 우리에게 많은 것을 생각하게 한다. 만약 두 사람이 평소 책을 즐겨 읽지 않았다면, 그래서 저본이 된 작품을 만나지 못했다면, 어떻게 되었을까. 물론, 두 감독의 역량을 보건대, 창작 시나리오를 바탕으로 훌륭한 작품을 만들 가능성이 높지만, 지금 누리고 있는 영광은 오랫동안 '유예' 되었을 터다. 이보다 더 중요한 것은 두 감독이 보여 준 창조적이고 비판적인 독서 능력이다. 『암흑의 핵심』은 말로가 콩고 강 상류의 오지에 들어가 그곳에 자기만의 왕국을 만든 커츠를 만나는 이야기다. 무척 단순한 얼개이지만, 결코 만만한 작품은 아니다. 오지로 떠나는 여행은 인간의 내면, 그러니까 제목이 말하고 있듯 암흑의 핵심에 이르는 것을 가리킨다. 거기에는 타락한 한 인간의 탐욕이 똬리를 틀고 있는데, 여기서 말하는 탐욕은 확장일로에 있던 제국주의적 야욕을 상징하기도 한다. 코폴라 감독은 작품의 시대배경을 베트남 전쟁으로 바꿔 미국의 제국주의적 야욕이 저지른 만행과, 거기에 동참함으로써 악마가 되고만 한 가련한 영혼을 그려 낸다. 저본이 된 작품이 담고 있는 주제의식을 당대적 문맥에서 해석하는 탁월한 독해능력이 없다면, 실로 불가능한 일이다.

내가 굳이 두 감독을 예로 들어 이야기하는 데는 특별한 이유가 있다. 우리 사회는 언제부터인가 한 편의 영화가 '대박'을 터트리면, 자동차 몇 대를 수출하는 효과가 있다는 말만 떠들어 왔다. 그런 영화를 만들어 낼 힘이 어디에서 비롯되는지 일러 주지 않은 것이다. 나는 이 같은 천박한 의식이 책을 읽지 않는 사회를 만들어 냈다고 믿고 있다. 얼마 전 발표된 통계청 자료는 우리가 위기상황에 놓여 있음을 분명하게 보여 주고 있다. 1997년과 비교할 적에 2003년에는 사회과학 서적의 신간 발행이 -91.2%라는 최대 감소폭을 기록했고, 철학과 종교 분야 신간 발행은 각각 54.8%와 33.0%에 이르는 감소율을 나타냈다. 이에 비해 실용서 분야는 20% 이상 늘어난 것으로 조사됐다. 오늘을 분석하고 비판하며, 그것을 디딤돌 삼아 더 나은 세상을 꿈꾸게 하는 창이 굳게 닫혀 버린 것이다.

디지털 혁명의 시대에 창의력과 상상력이 부의 원천임은 누구도 부정하지 않는다. 중요한 것은, 창의력과 상상력을 키워 주는 '학교' 가 어디냐 하는 점이다. 코폴라와 박찬욱 감독은 자신들의 작품을 통해 우리에게 그 답을 일러 주고 있다. 책이야말로 새로운 시대가 요구하는 힘을 길러 주는 학교라고 말이다. 변화의 파도가 아무리 거세고 높더라도 결코 휩쓸리지 않을 '표어' 가 있다. '책은 우리의 미래다' 가 바로 그것이다.

7
이제, 거인의 무동을 타자

열풍이라 하기에는 과장이 없지 않으나, 고전에 대한 관심이 높아지고 있는 것은 분명 특기할 만한 일이다. 그동안 번역되지 않던 책들이 속속 서점에 나오고 있고, 이 고전을 알기 쉽게 해설한 책들이 나름대로 시장에서 선전하고 있다. 물론, 차분히 진행된 것이 아니라 어딘가 기획성이 강한 책들도 포함되어 있다는 점에서는 상업주의라는 혐의를 둘 수도 있다. 된다 싶으니까 너도나도 달려들어 쏟아내는 경향이 있다는 뜻이다. 그럼에도 나는 이런 현상을 굳이 비판하고자 하는 마음은 추호도 없다. 솔직히 말하자면 더도 말고 덜도 말고 이만만 하여라 하는 심정이다.

정작 고전에 대한 관심에 불편한 마음이 드는 것은 아무래도 대학입시와 관련되어서다. 몇몇 대학들이 논술을 강화한다면서 고전목록을 발표하고, 이 목록이 사회에 영향을 끼치면서 고전에 대한 수요가 많이 늘어났다. 고전이라면, 어찌 보면, 교양의 정수인지라 사실 청소년 시절에 읽기 어려운 면이 있다. 서양처럼 체계적으로 독서교육을 해왔다면 당연히 얼마든지 소화해 낼 수 있겠지만, 고질적인 입시교육에서 벗어나지 못한 우리의 경우, 염려할 만한 일이 아닐 수 없다. 그럼에도 나는 청소년 시절부터 고전을 접할 수 있는 제도장치가 마련되어야 한다고 생각해 왔다.

나 역시 이 나라의 평균적인 사람에 불과한지라 청소년 시절 독서교육을 제대로 받아본 적이 없다. 많은 사람들이 회상하듯, 책을 읽는 행위는 입시전쟁에서 패배를 상징하는 그 무엇이었다. 한 손에는 교과서, 다른 손에는 참고서라는 지상명령에서 벗어났을 때 주어졌던 가혹한 형벌을 나는 기억하고 있다. 지금 되돌아보면, 이 나라 교육이 얼마나 미쳐 있었던가, 하는 심정이 든다. 그러다 보니 청소년 시절의 내 독서목록은 빈약하기 짝이 없었다. 방학 때 그나마 숨통이 트이는지라 또래 시인인 장정일의 시에서 확인되듯 삼중당 문고로 겨우 연명했을 뿐이다. 그런데도 내 어린 시절을 화려하게 수놓은 독서경험이 있으니, 그 유명한 '자유교양문고'였다.

'강제였다, 통제였다, 억지였다' 하는 비판을 받는 그 문고가 사실 나에게는 사막에서 만나는 샘물이었다. 제대로 읽었고 깊이 읽었고 많은 영향을 받았다. 가만 보면, 학교에 남아 그 책들을 읽고 독후감을 쓰던 만큼 행복하고 가슴 벅찬 시절은 없었던 것 같다. 고백하자면, 우리집은 당시 빈민의 상황에 놓여 있었고, 어린 날 스스로의 삶에 대한 전망을 확보할 수 없는 무척 어려웠던 시절이었다. 그래서 '자유교양문고'가 나에게는 학교가 내려 준 동아줄 같았는지도 모른다.

나는 지금 내 체험을 사회화해야 한다는 오만을 부리고자 하는 것이 아니다. 자유롭고 열려 있고 자발성을 자극하는 섬세한 프로그램을 전제한다는 조건에서 교육이 독서를 어떻게 제도화할 수 있는가를 고민해야 한다는 뜻이다. 솔직히 말해 보자. 교육에서 강제라는 굴레를 벗겨 낼 수 있을까. 스스로 잘하고 흥미로워하고 재미있어하면 교육이 꼭 필요하겠는가. 어렵고, 하기 싫고, 귀찮아하지만 가치 있고 의미 있는 것이라 교육하려는 것이 아닌가. 진정한 교육은 강제성이 있느냐 없느냐로 가름되면 안 된다. 시작은 강제성이 있으나, 그 끝이 자발성으로 열려 있느냐아니냐로 판단되어야 마땅하다.

앞서 말한 대로 청소년 시절에는 분명 고전을 읽기 어려운 점이 많다. 그렇다고 아이들에게 대놓고 고전을 읽지 말라고 할 수 있겠는가. 아마 그 누구도 이런 말을 하지는 못할 것이다. 고전에 대한 정의와 효용성을 두고 논쟁을 벌이고 있더라도, 정말, 이런 무식한 말을 당당하게 할 사람은 없다. 그러다 보니, 나는 비록 논술이라는 '폭력'이 자극제가 되었으나 청소년들이 고전을 읽을 수 있는 계기를 만든 것은 나름대로 의미 있다고 생각하는 것이다. 이것이 한때 유행하고 마는 거품현상이 안 되게, 오로지 입시를 목적으로 한 교육이 되지 않게, 아이들에게 무조건 읽으라고 강제되는 것이 아니라 제도적으로 읽을 수 있는 환경을 만들어 주어야 하는 것은 당연한 전제이지만 말이다.

그렇다면, 교양인들은 고전을 읽지 않아도 되냐면 그런 것은 더욱이 아니다. 우리 교양인들은 청소년 시절, 고전을 읽을 수 있는 기회를 박탈당했다. 놀랍게도 이들 세대는 지은이와 그의 책 제목이 일치하지 않는 것을 고르는 시험은 본 적이 있을지언정, 고전을 직접 읽고 토론하고 발표한 적이 없었다. 더욱이 우리 대학교육이 이런 현실을 인식하고 교양교육에서 고전을 교과목에 편입시킨 것은 극히 최근의 일이다. 정말, 교육이라는 현장에서 고전은 제목만 알지 정작 읽어 보지 않은 책의 대명사로 자리 잡은 것이다. 그러니, 지금이라도 고전을 읽지 않는다면 평생 접할 기회를 잃어버리고 말 것이다.

연령대를 넘어서, 그리고 여러 비판에도 불구하고 고전을 읽을 기회가 마련된 것은 참 좋은 일이라는 평가에는, 다른 견해가 있음에도 고전이란 꼭 읽어 볼 가치가 있는 책이라는 믿음이 깔려 있다. 그러니까 고전을 읽어 보자라고 말하는 순간, 왜 그런 류의 책을 읽어야 하는지 설득해야 하는 의무가 주어지는 셈이다. 그런데, 그 이야기를 하기 전에 나는 과연 고전을 어떻게 접하고 있는지 고백부터 해야 할 듯싶다. 소문난 책벌레는 고전을 어떻게 읽고 있을까?

거듭 말하거니와, 청소년 시절 나의 독서목록은 빈약하기 짝이 없었다. 그 곳간이 풍요로워진 것은 대학에 들어가고 나서부터다. 우리 문학은 물론이고 동서양의 고전문학을 두루 읽어 나가면서 비로소 눈이 뜨이는 것을 느꼈다. 거기에는 선배들도 한몫했다. 학생 때 이미 문인이 된 이들이 있을 정도로 과 분위기가 사뭇 달랐던 것이다. 80년대는 사회과학의 시대였다. 지금 생각하면 조악한 일본어 번역본 위주의 정치경제학 책을 주로 보았지만, 그것으로 풀린 지적 갈증은 그리 오래가지 않았다. 말하자면, 헤겔이나 루카치 쪽으로 갈 수밖에 없었다. 물론, 사상을 억압하는 시기이다 보니 더 다

산에 올라 능선을 바라보라. 내가 오른 산이 절로 높아 있는 것이 아니라는 것을 알게 된다. 저 아래 낮은 것에서 시작해서 다른 산줄기를 손 잡고 다시 높아지고 이제 이 자리까지 이르는 것. 이 높이는 잠시 낮아졌다 저 멀리 보이는 곳으로 이어져 그것이 더 높은 자리에 이르게 한다. 한 개인은 난쟁이다. 살아 있는 동안 홀로 공부해 이룰 수 있는 성취가 얼마나 높겠는가. 그러니까 거인의 무동을 타야 한다. 앞 세대가 이룬 빛나는 학문적 성취를 배우고 익혀 자기 것으로 만들어야 한다. 그때 비로소 보이는 새로운 지평이 있는 법이다.
온고이지신(溫故而知新)이라, 옛것을 익혀야 새것을 배울 수 있다. 법고창신(法古創新)이라, 옛것에 충실하되 새것을 만들어 낼 줄 알아야 한다. 세월의 담금질을 이겨내고 여전히 빛나는 정신의 결정체로 남아 있는 고전을 읽어야 하는 이유가 여기에 있다. 위 사진은 2006년 독일 월드컵을 기념하여 베를린 도심에 세워진 책 조형물.

양한 책들을 접할 기회가 없었기에 그렇게 좁아질 수밖에 없었다. 나는 주로 당시 번역본이 나오기 시작한 루카치(György Lukács)를 탐독해 나갔다. 특별히 『역사와 계급의식』(박정호·조만영 옮김, 거름, 1986)을 읽으며 받았던 충격은 이루 말할 수 없었다. 루카치는 이른바 '낀' 철학자다. 헝가리에 일어난 민주 혁명에 동참했다 왕권에 의해 목숨을 잃을 뻔했다. 사회주의 혁명 이후에는 소련에 의해 죽을 뻔했다. 그 극단의 시대를 살아온 철학자답게 역사의 진보와 노동자들이 이루어 낼 새로운 세계에 대한 믿음이 강했다. 나는 책을 읽으며 왜 일하는 사람이 새로운 세상을 열어젖힐 수 있는지에 대한 철학적 근거를 알아 냈으며, 교조주의에 빠지지 않고 변화의 물결을 타면서도 중심을 잃지 않는 중용의 정신을 배웠다. 만약, 내 삶에서 『역사와 계급의식』을 뺀다면 나는 한낱 빈껍데기에 불과할 터이다.

도서평론가라 직함을 달고 나대면서부터 고전에 대한 갈증은 더 심해졌다. 쏟아져 나오는 신간들을 읽으며 도토리 키재기식의 책들에 진력이 났던 것이다. 그런데 고전을 읽을 짬을 내기는 쉽지 않았다. 읽으랴, 쓰랴, 말하랴, 언제 진득하게 고전을 읽겠는가. 그런데 고전에 대한 관심이 불면서 고전을 읽고 독후감을 써 달라는 청탁을 자주 받게 되면서, 직업적이고 강제적인 고전 읽기의 기회를 잡았다. 정말 힘들었다. 문학을 대상으로 할 때면 그나마 나았다. 그러다가도 그 주제나 상징성을 정확히 읽어 내고 있는가 하는 의심이 들었던 적이 한두 번이 아니었다. 어디 나가 책 많이 읽는 사람 행세했던 것이 부끄러워질 때도 있었다. 아, 아직 멀었구나 하는 생각이

들다가도 외려 퇴보했구나 하는 느낌이 든 적도 있었다. 읽고 쓰기도 바쁜데 자신감마저 잃어버렸으니 큰일 아니겠는가. 그럼에도 열심히 읽었다. 읽다가 너무 어려워 무슨 말인지 모르는 구절도 숱하게 만났다. 정말, 귀신 씻나락 까먹는 소리 같았다. 그래도 내친 김에 읽어 나갔다. 때로는 꾀를 부려 쉬운 책을 골라 쓰기도 하고, 이미 읽었던 책을 찾아내 쓰기도 했지만, 기회가 닿는 대로 읽어 나갔다. 그러다가 청탁받지 않은 고전을 읽기 위해 짬을 내기도 했다. 정말 고전의 맛을 알게 된 것이다.

거인의 무동을 탄 난쟁이라는 말이 있다. 지금 내가 더 많은 것을 보고 훌쩍 정신의 키가 커진 것 같은 느낌이 드는 것은 거인의 무동을 탔기 때문이다. 내가 잘난 듯하지만, 알고 보면 남의 것을 바탕으로 했다는 말이다. 고전이란 거인이다. 인류의 지성들이 갈고닦은 사색의 결과물이 하나로 합쳐 있는 것이다. 그것을 타야 비로소 보이는 것이 있다. 그것에 올라서야 비로소 알게 되는 것이 있다. 그것에 기대야 비로소 느끼는 것이 있다. 이런 것들을 가능하게 하는 것이 고전이다. 더욱이 인류의 역사라는 게 사건 자체가 반복되는 것은 아니나 구조 자체가 반복되는 경향이 짙다. 살다 보면 정말 하늘 아래 새로운 게 없다는 것을 알게 되고, 이 일이 오래전 일어났던 일과 너무 유사하다는 깨달음을 얻을 적이 한두 번이 아니다. 그런 점에서 고전은 오래된 지혜다. 당대의 문제를 해결하기 위해 피를 토하도록 고민하고 이를 대중과 함께하기 위해 펴낸 책이 바로 고전이다. 오늘 우리가 맞닥트린 난제를 풀 지혜의 열쇠가 고전 속에 있다.

세월이 약이라는 말이 있다. 지나고 보면 이해되고 상처가 낫는다는 뜻이다. 고전의 바다에 빠져 보면 알겠지만, 읽어야 비로소 이해되는 것이 있다. 그것을 읽지 않았기 때문에 줄줄이 이해되지 않는 책들이 있다. 그것을 읽었기 때문에 비판할 수 있는 책이라는 것도 있다. 고전을 젖줄로 삼지 않고서는 더 이상 정신적 성장과 성숙이 어렵겠다는 느낌이 드는 이유가 여기에 있다. 쏟아져 나오는 새 책들에 신물이 나고 반복되는 주제를 새롭게 포장해 내놓은 듯한 느낌이 들 때 고전을 읽어야 한다. 그러면 갈증 때문에 마셨다 더 지독한 갈증에 빠진 상황에서 벗어날 수 있다. 그만그만한 정신적 높이에 진력이 났을 때 고전을 읽어야 한다. 그때 비로소 훌쩍 커진 자신을 발견할 수 있다.

이미 다 말한 격이나 다시 한번 강조하자면, 고전은 한 시대 공동체 구성원들의 지적 화두를 치열하게 고민한 흔적이다. 이것이 없는 책은 고전의 반열에 오르지 않는다. 그러기에 고전은 뜨겁다. 그 문제를 해결하지 않고서는 도탄에 빠진 삶을 구원해 낼 수 없기에 그러하다. 그 문제를 풀어내지 않고서는 한 발짝도 앞서 나갈 수 없다고 여겼기에 그러하다. 더욱이 그것들을 디딤돌로 삼아 새로운 문제의식에 도전한 책들이 고전의 반열에 올랐으니, 어찌 읽지 않을 수 있겠는가.

물론, 나는 모든 사람이 고전을 읽으리라고 여기지 않는다. 가슴이 불타고 있는 사람들만이 고전을 읽을 수 있다. 오늘 우리의 문제를 진지하게 고민하고 그 대안을 찾고자 하는 사람들이 고전에 다가갈 수 있다는 뜻이다. 늘 지적 갈증에 허덕이는 사람들만이 고전을 읽을 수 있다. 진중하고 진지하며 성찰할 줄 아는 사람만이 고전에 다가갈 수 있다는 뜻이다. 문제를 해결하고자 하는 사람만이 고전을 읽을 수 있다. 지적 유희에 그치는 것이 아니라 지금 우리를 억누르는 고통의 근원을 제거하고자 하는 사람만이 고전을 읽을 수 있다는 뜻이다. 그래서 고전은 읽으라고 권유해서 되는 것이 아닌 면이 있다. 지적 방황 끝에 비로소 만나는 것이 고전인 경우가 많다는 뜻이다.

오늘 알고 있는 것을 지난 시절에 알았더라면 얼마나 좋았겠는가. 청소년들에게 자꾸 고전을 읽어 보라고 권하는 이유가 여기에 있을 법하다. 어렵고 힘들고 짜증나고 당장 도움이 안 될 성싶지만, 그러나 결국에는 우리를 지적으로 성장시키는 것이 고전이니 어찌 읽으라고 자꾸 권하지 않겠는가. 그러니 나는 지금 불고 있는 고전에 대한 관심을 긍정적으로 보고 있는 것이다. 억지나 강제성이 있더라도 그것을 통해 청소년들이 자발적으로 고전의 가치를 알 수 있다면, 우리가 좀더 여유롭게 교육현장을 지켜볼 필요가 있다고 보는 것이다. 단, 좀더 세련되고 부드러운 프로그램을 만들어 보라고 권유해야겠지만 말이다. 이제 공은 교육현장으로 넘어갔다. 이미 출판계가 할 일은 다하고 있는 것 아니겠는가. 다시 오늘의 말투로 고전을 번역하고, 나오지 않았던 책을 펴내고, 좀더 쉽고 자세하게 설명한 책을 내니 말이다. 이제 우리가 할 일은, 비록 공허한 것이 되고 말더라도, 제발 고전을 읽어 보라고 떠벌리는 일밖에 없는 듯싶다.

8
정서적 안정과 치유로서의 책읽기

알고 보면 자기 자랑이 될 이야기를 하나 해야겠다. 『서울신문』 논설위원을 지내셨던 이중한 선생이 『book & issue』 5호에 쓴 글의 첫머리는 이렇게 시작한다.

> 밤늦게 전화를 받았다. "여기 『book & issue』인데요. 독서에 관한 이야기를 좀 써 주시겠습니까." — 이야기는 이렇게 시작되었는데, 주고받은 말은 몇 마디 안 되었다.
> 나는 『book & issue』를 보고 있었고, 나에게 전화를 건 편집자는 내가 그런 이야기를 좀 할 수 있을 것이라 알고 있는 것이었다. 거두절미하고 나는 말했다. "좀 생각해 봐야겠는데요. 못할 것은 없지만." — 이것이 전부였다. "그럼 하루 뒤에 다시 전화하겠습니다." 편집자는 매우 명석하다는 인상을 주었다. 그 이상 무슨 첨언이 필요하겠는가.(「살아남으려면 읽어야 한다」)

난데없이 글을 쓰게 된 동기가 밝혀진 머리글을 인용하면서 자기 자랑일지도 모른다고 말을 꺼내 놓아 당황했을지도 모르겠다. 그러나 눈치 빠른 이는 알아챘겠지만, 매우 명석하다는 인상을 심어 준, 그러니까 이 선생한테 전화를 해 원고청탁을 한 사람이 바로 나였다. 그때 나는 복간하자마자 위기에 놓여 있던『book & issue』 편집을 도맡고 있었다. 내가 이중한 선생께 원고를 부탁드린 것은, 그분이 해오신 일을 보건대, 새로운 세기에 걸맞는 독서론을 써 주실 수 있으리라 기대해서였다. 기왕에 책을 읽는 이유나 방법을 밝힌 글이나 책이 많음에도 나는 어딘가 시대에 뒤떨어져 있다고 느껴왔다. 더욱이 괜찮다는 것은 외국책이어서 우리의 문제의식을 담은 책들은 거의 없다시피 했다. 그런 갈증을 풀어 줄 만한 분으로 이중한 선생만 한 이가 없었다.

마감시간을 훌쩍 넘겨 들어온 원고를 읽으면서 나는 염화미소(拈華微笑)라는 고사가 떠올랐다. 잘 알고 있겠지만, 석가가 설법하면서 말없이 연꽃을 들어 보였더니 가섭(迦葉)만이 그 뜻을 알아차리고 미소지었다고 하지 않던가. 나는 전화예절에 서툴러 긴 말을 삼가고 고갱이만 추려 간략하게 말하는 습관이 있다. 좀더 자세한 내용은 이메일로 보내는 편인데, 이중한 선생은 이미 전화내용만으로 내가 무엇을 원하는지 정확하게 꿰뚫고 계셨던 것이다. 아쉽다면, 가섭이 서툴게 말씀드렸는데도 석가가 그 뜻을 알고 격려해 준 데서 비롯된 고사가 없다는 것이다. 나와 이중한 선생의 관계가 꼭 가섭과 석가의 관계를 닮아서이다.

각설하고, 내가 이중한 선생의 글을 인용한 것은 그때의 글에 중요한 내용이 너무 많이 실려 있어 이 자리에 소개하고 싶어서다.

먼저 특유의 수사학으로 책읽기의 두가지 종류를 정리했다. 그 하나는 '비타민적 읽기' 인데, 당장의 효과를 노리고 읽는 것이 아니라 은근짜하게 지속적으로 영향력을 발휘하는 읽기를 가리킨다. "나는 지난 60년간 책읽기와 책사기를 즐겨 왔다. 그것 때문에 더 잘살았다고 말하기는 어렵지만, 그래도 그것 때문에 지루하게 살지는 않았다고 말할 수 있다. 그것 때문에 사는 데 특히 유리한 조건이나 대우를 받은 것도 없다. 그저 스스로 사는 것에 대한 희로애락을 좀더 폭넓게 느껴 왔다고 말할 수는 있다"는 고백이 여기에 해당한다. 두번째는 '아스피린적 읽기' 이다. 빠르게 효과를 얻을 수 있는, 실용적인 독서를 뜻한다.

우리 사회의 풍토가 '비타민적 읽기' 에서 '아스피린적 읽기' 로 옮겨 온 것은 다 아는 사실이다. 문학과 인문학의 위기도 이런 풍조에서 비롯된 일이기도 하다. 두 가지 가운데 무엇이 바람직한 독서인가는 이 자리에서 논하지 않기로 한다. 눈 밝은 이는 이미 그 답을 알고 있을 터이니 말이다. 이중한 선생의 글에는 21세기 독서의 과제는 무엇인가를 주제로 심도 있는 의견이 실려 있다. 오늘 우리가 관심을 기울일 대목이기도 하다. 나는 이 글을 읽으면서 상당히 충격을 받았다. 지식과 교양의 가치를 너무 내세우다 보니 미처 생각하지 못했던 것이 있다는 점을 깨달았다. 디지털 시대에 책을 읽어야 할 이유 가운데 맨 앞에 나온 것은 정서적 안정감이었다.

빛의 속도로 세상이 바뀌면서 우리의 일상은 엄청난 격변에 휩쓸렸다. 노동의 위기가 공공연하게 말해지더니 곧바로 현실에 나타

책읽기는 기본적으로 혁명이다. 지금 이곳의 삶에 만족한다면 새로운 것을 꿈꿀 리 없다. 꿈꿀 권리를 외치지 않는 자가 책을 읽을 리 없다. 나를 바꾸려 책을 읽는다. 애벌레에서 탈피해 나비가 되려 책을 읽는다. 세상을 바꾸려 책을 읽는다. 우리의 삶을 억압하는 체제를 부수고 새로운 공동체를 이루려 책을 읽는다. 그러하길래 책읽기는 불온한 것이다. 지배적인 것, 압도적인 것, 유일한 것, 의심받지 않는 것을 희롱하고, 조롱하고, 딴죽 걸고, 똥침 놓는 것이다.
변신을 꿈꾸는가. 그렇다면 책을 읽어야 한다. 다른 세상을 상상하고픈가. 그렇다면 책을 읽어야 한다. 보라, 혁명전선에 뛰어든 체 게바라(Ché Guevara)도 책을 손에서 놓지 않았지 않은가. 위의 사진은 책을 읽고 있는 체 게바라.

났다. 더 이상 '철밥통'은 그 어디에도 없는 시대로 돌입하고 있는 것이다. 오래된 직종일수록 빨리 사라지고 있고, 정규직보다는 비정규직 일자리가 늘어나고 있는 추세다. 새 일을 찾기도 어렵지만, 그 일자리도 오래가지 않는 것이 더 큰 문제다. 설혹 남아 있더라도 그 일의 성격이 변하고 말아 일하는 사람을 괴롭힌다.

> 이때 중요한 것은 새 일에 빨리 적응하는 것이어야 하겠지만, 실은 새 일에서 부딪힐 수 있는 변화를 수용할 수 있는 정서적 안정감이 우선 필요하다.
> 정서적 안정감이란 누가 가르쳐 주는 것이 아니다. 스스로 안정감을 유지하는 방법을 찾아낼 수밖에 없다. 이때 읽기의 숨겨져 있는 측면이 드러난다. 읽기 능력이 축적된 사람들은, 어느 순간 모든 것들의 복잡한 사상에서 벗어나 읽기에 몰입할 수 있고, 거기서부터 무엇인가 새로운 생각을 시작할 수 있다. 이것이 술로 만취해 보거나 수면제로 잠을 자 보는 것보다 훨씬 효율적이다.(「살아남으려면 읽어야 한다」)

시대가 변하면 책읽기의 목적도 바뀌게 마련이다. "교양을 위해, 또는 변화를 읽고 알기 위해서" 책을 읽는 것은 20세기적 풍경이다. 변화에 지친 현대인들에게는 다른 무엇보다 이 현실에서 낙오하지 않고 살아남을 수 있다고 격려해 주는 안정감이 우선될 수밖에 없을 터이다. 그런 면에서 나는 정서적 안정감을 위한 독서는 자연스럽게 '성숙으로서의 독서'로 이어진다고 본다. 이 독서론은 김정근 부산대 명예교수가 말한 바 있다.

김교수는 전통적인 책읽기의 목적에는 두 가지가 있다고 전제한다. 첫째는 좋은 인간이 되기 위한 훈련의 수단이다. 인격수양이라고 보면 될 성싶다. 두번째는 능력 있는 인간이 되기 위한 성취의 수단이다. 그런데 디지털 시대에는 제3의 책읽기 영역이 돋을새김되어야 하는데, 그게 바로 성숙을 위한 책읽기라는 것이다. 그것은 "인간을 귀납적으로 이해하고, 아픈 마음을 어루만지고, 상처를 치유하고, 장애를 뛰어넘게 해주는 책읽기"로서, "생산과 산업에 함몰된 인간형을 지양하고 정신복지형을 지향하며, 성취와 성공 지향의 인간형을 극복하고 행복한 인간형에 눈을 돌리는 책읽기"이다. 이 독서론은, 그 지향점이 '마음의 상처'와 '심리적 장애'를 치료하는 데 맞춰져 있다. 정서적 안정감을 얻지 못한다면 상처와 장애를 얻을 게 불을 보듯 뻔하므로, 두 입장은 긴밀하게 연관되어 있는 것이다(이상은 김정근 교수가 『교수신문』 2002년 4월 30일자에 쓴 칼럼, 「제3의 독서영역」을 참조했다).

이중한 선생이 밝힌 21세기형 독서론의 나머지는 이렇다. 그 하나는 "창의력과 상상력의 발상법이나 또는 그 힌트를 얻기 위해"서고, 다른 하나는 "그 어느 때보다 확실하게 시간을 죽일 수 있기 위해, 그렇게 해서 불안정하거나 막연한 상태에서 자주 부딪힐 수밖에 없는 삶의 조건을 '견디기' 위해"서다. 독서의 목적은 시대에 따라, 말하는 사람에 따라 서로 다르게 마련이다. 그것이 무엇이든 변하지 않는 것은 여전히 책읽기의 가치가 유효하다는 점이다. 책을 읽지 않는 이들에게 간곡하게 호소하고 싶은 말이 있으니, 왜 지금 우리의 삶에서 책읽기가 중요한지 한번 고민해 보라는 것과 더 늦기 전에 서둘러 책을 읽으라는 것이다. 그러면, 몸소 터득하게 될 터이고 직접 경험하게 될 것이니, 그것의 목록을 늘어놓자면 이렇게 된다. 지식과 교양을 쌓는 데 도움이 되고 참된 인간이 되는 길을 열어 보이며 정서적 안정을 얻고 창의력과 상상력을 키우며, 시간 죽이기에 그만인 데다 마음의 상처를 치유하게 된다는 것이다.

9
책읽기, 우리 시대의 또 다른 가치

인터넷 시대에 책을 읽을 필요가 무에 있느냐는 소리를 자주 듣는다. 그 바다에 들어가면 정보가 넘실거리고, 얼마든지 활용할 교양거리가 넘쳐 난다고 한다. 더욱이 영상 시대라 배우고 익히는 것도 영상매체를 이용하는 것이 훨씬 전달력 높다는 말도 나온다. 한때 책의 죽음을 운운한 것도 이런 흐름과 다르지 않다. 되돌아보면, 그 기세가 얼마나 도도했던지 나 같은 책벌레는 세상 살맛 없어지는 듯한 위기감도 들었다.

그때 생각했던 것이 하나 있다. '아무리 책을 좋아하고 책 덕에 성장하고 책 때문에 먹고산다고 하더라도, 만약 유효기간이 끝났다면 다음 세대에게 책의 가치를 과장할 필요는 없다. 어디까지나 개인적인 기호일 뿐이다. 세상이 바뀌면 문화의 우세종도 달라지는 법이다. 필요 없는데, 필요하다고 말하는 것은 거짓이다. 내가 할 일 없어 거짓말하며 혹세무민할 이유는 없다. 그러니까 다시 한번 되돌아보자. 이제 책은 필요 없는 것이 아닐까. 있다면, 지금껏 강조한 것과는 다른 그 무엇을 말할 수 있어야 한다.' 아마 이 정도였던 듯싶다.

스스로 던진 질문에 답을 구하면서 내가 붙잡은 것은 상상력이었다. 특별히 세기말에 들어 신화적 상상력이 주목받고, 이를 바탕으로 한 문화산업이 기승을 부렸다. 옳다구나 싶었다. 문화 경쟁력이 상상력에 뿌리를 두고 있다면, 그리고 영상매체가 열매라면, 책읽기의 가치를 새롭게 조명할 수 있을 터다. 영상은 상상의 실현이다. 그렇다면 상상력은 도대체 어디서 키울 수 있을까. 그것은 책이다. 스스로 상상하게 하는 힘이 거기에 있지 않은가.

잘 알다시피 책, 특히 문학은 상상력이 펼쳐지는 한마당이다. 그곳에는 중력법칙이 작동하지 않는다. 지금 이곳과는 다른 그 무엇들에 대한 열망이 온갖 금기를 넘어서게 하니, 꿈꾸던 것들이 자유롭게 펼쳐진다. 그 힘이 얼마나 강하던지, 읽는 이들은 자신을 잃어버리고 주인공과 하나 되어 즐겁고 행복한 여행을 떠난다. 이때 우리는 고양되고 감동하고 흥분한다. 책 또는 문학이 여전히 위력을 떨치는 이유를 여기에서 찾지 않을 수 없다.

그러나 생각을 깊이 할수록 이것은 새로운 답이 아닌 듯싶었다. 더욱이 너무 현실가치에 중점을 두고 있다는 반성을 했다. 책읽기가 당장 어떤 효과를 불러와야 가치 있는 것은 아니잖은가. 말하자면, 책읽기는 제동장치다. 그러니, 모든 것이 돈이 되어야 대접받는 시대를 성찰하는 데서 참된 의미를 찾아야 한다. 그런데 상상력이 돈이 되는 시대이니만큼 그것을 익히고 키워 주는 책읽기의 가치를 무시해서는 안 된다고 말하는 게 영 탐탁지 않았다. 다른 답을 찾아야 했다.

질문을 던지고 답을 고심하는 이에게는 벼락같은 행운이 닥쳐 오는 모양이다. 어느 날 서경식이 쓴 「교양교육 홀대하는 일본의 대학」이란 칼럼을 읽다 큰 깨달음을 얻었다. 이 글에서 그는 일본의 대학들이 20년간 교양교육을 얕잡아 왔다고 말했다. 이유는, 우리하고 너무 비슷한데, 대체로 도움이 되지 않는 취미로 여겨 왔기 때문이란다. 그렇다면 일본 대학들이 내세우는 가치기준은 무엇인가. 예상할 수 있듯, '취직에 유리한가, 아닌가', '실용적인가, 아닌가' 란다. 이 같은 현실을 안타까워하며 그는 다음과 같은 말을 했다.

> 교양이란 영어로 말하면 리버럴 아츠(Liberal Arts)다. 그 본래의 의미는 '노예적 또는 기계적 기술' 과 대치되는 '자유인' 에게 어울리는 학예(Arts)다. 여기서 말하는 '자유인' 은 예전에는 특권적 신분의 남성에 한정돼 있었다. 그러나 현대에서는 그렇지 않고 또 그래서는 안 된다. 현대인에게 요구되는 교양이란 한마디로 말해서 타자에 대한 상상력이라고 나는 생각한다. 폭탄공격을 당하는 쪽의 고뇌와 아픔을 상상하는 힘은 전쟁에 저항하고 평화를 쌓기 위한 기초적 능력이다. 따라서 이러한 기초적 능력을 결여한 채 젊은이들이 사회로 나가는 것이 나로서는 불안하기 짝이 없다.(『한겨레신문』, 2005년 7월 19일자)

아흐, 나는 아직도 참된 사람이 되려면 멀었구나. 이 글을 읽으며 속으로 맨 처음 뱉었던 말이다. 고작 현실법칙에서 벗어나는 것

모든 책이 소외되고 가난하며 억압받는 사람들을 옹호하지는 않는다. 그러나 한 시대를 대표하는 책들은 대체로 사회적 소수자나 약자들의 삶을 충격적으로 드러내고, 그들이 겪는 고통에 대한 관심을 촉구했다. 70~80년대 우리 사회를 이끈 시대정신이야말로 고통받는 타자에 대한 상상력이었다. 노동자·농민·빈민의 삶을 그린 문학과 르포가 활발히 출간되었고, 이를 찾아 읽는 사람도 많았다. 폭압적인 정치질서에 금이 가기 시작한 것이다. 오늘 우리는 신자유주의라는 망령에 시달리고 있다. 전 세계 차원에서 양극화는 더 심화되고 있다. 이제 우리에게 요구되는 것은, 다시 타자에 대한 상상력이다. 겪어 보지 않고도 그 고통을 미루어 짐작할 줄 아는 능력이 없고서는 이 위기를 이겨 낼 수 없다. 위의 그림은 조영래의 『전태일 평전』과 조세희의 『난장이가 쏘아올린 작은 공』 초판본 표지.

을 상상력이라 여겼으니, 내 지적 능력이란 고작 대학 교양과목의 문학개론 수준에 멈춘 것이 아닌가. 때가 어느 때인가. 미국을 내세운 초국적 기업들이 더 많은 이익을 독점하려고 세계차원에서 무차별 공세를 펼치고 있지 않은가. 그 엄청난 고통과 폐해를 약하고 가난하고 배운 것 부족한 사람들이 무방비 상태에서 겪고 있지 않은가. 그런데도 나는 한가한 소리나 늘어놓고 있었다.

그렇다면 우리 시대가 요구하는 상상력은 그 의미가 달라져야 마땅하다. 굳이 두 눈으로 확인하고 몸으로 겪어 보지 않아도, 사회적 약자나 소수자들이 겪는 고통을 공감하고 눈물을 흘릴 줄 알도록 이끄는 것이 바로 상상력이어야 한다. 그렇지 않다면, 이 시대에 상상력은 공허해진다. 가진 자가 잠깐 스트레스 풀러 도락거리로 삼는 것이 되고 만다. 고통을 공감하는 상상력이야말로 양극화를 해소화고 전쟁을 멈추게 하는 작은 힘이다.

그래서 내 생각은 바뀌었다. 디지털 혁명의 시대에도 책은 읽어야 한다. 상상력을 익히고 키우기 위해서다. 그렇다면 그 상상력이란 무엇인가. 바로 겪어 보지 않아도 타인의 고통을 이해하고 공감하는 능력이다. 신자유주의는 끊임없이 세계 차원에서 타자를 만들어 낸다. '우리' 와 다른 것을 타자로 이름 짓고, 그들을 차별한다. 다름 때문에 차별받는 무리는 고통 속에 신음하고 있다. '우리' 의 무리 속에 머무는 한, 그 아픔을 짐작할 수 없다. 하나, 우리가 상상하는 동물이라면, 그 고통을 이해할 수 있어야 한다. 자고로, 책 또는 문학은 타자의 고통을 이해하라고 우리에게 귀띔해 왔다. 고전의 반열에 오른 작품일수록 억압받고 탄압받는 이들의 삶을 그렸다.

책을 통해 타자의 고통을 이해하는 상상력을 키워야 한다는 것은, 도정일도 이미 말한 바 있다. 단지 그는 책읽기에 국한하지 않고 예술 일반의 특성으로 확장한 것이 다를 뿐이다.

> 타인을 이해한다, 타자를 이해한다. 우리말로 하면 역지사지, 바꿔서 상대방의 처지를 이해한다는 건데, 기본적으로 타자를 긍정하는 것이라고도 할 수 있죠. 그것은 내가 나의 울타리 속에 갇혀 있는 것이 아니라, 울타리를 열어서 타인을 받아들이거나 내가 나를 버리고 타인의 울타리 속으로 들어가는 것이죠.
> 자본주의 문화는 자아의 문화, 나르시시즘 문화죠. 문을 꼭 걸어 잠그고 이해만 따지고, 절대로 문을 열지 않고, 접촉은 이해관계가 통할 때만 하고, 그런 문화 속에서 자아라고 불리는 단단한 문의 폐쇄화가 끊임없이 일어나죠. 이럴 때일수록 껍질을 깨주는 상상이 절실히 필요합니다. 나는 예술이 수행하는 가장 위대한 인문학적 경험은 고통을 이해하는 능력을 키워 주는 것이라고 생각합니다.(도정일·최재천, 『대담』, 휴머니스트, 2005, 31~32쪽)

상상력에 대한 사전식 풀이가 오로지 타인의 고통에 대한 이해로 단일화해야 한다고 주장하는 것은 결코 아니다. 현실을 잊고 이질적인 것을 마음껏 누리는 것도 의미 있다. 범부가 살아가기에 현실은 너무 힘들다. 숱한 장애물이 펼쳐져 있고, 힘들게 기대어 놓은 사다리를 걷어채기 일쑤다. 함정은 많고 걸림돌은 널려 있다. 그러니 현실에서 도피할 상상의 공간과 시간을 만들어 놓으면 가지 않을 사람이 없다. 과학소설, 환상소설, 추리소설 같은 이른바 장르문학에 사람들이 빠지는 이유다. 하지만, 정치적으로 올바른 상상력이 무엇인가 고민하고, 그 능력을 키우려 책을 읽어야 한다는 정의가 품는 무게는 분명히 남다르다.

'해리 포터 시리즈'의 작가 J. K. 롤링도 같은 생각을 하고 있었던 모양이다. 롤링은 2008년 6월 5일 하버드대 졸업식에서 축하 강연을 했다. 이 자리에서 그녀는 실패의 미덕과 상상력의 중요성을 힘주어 말했다. 작가는 실패가 "삶에서 불필요한 것들을 제거해 줬다"면서, 실패한 덕에 "스스로를 기만하는 것을 그만두고, 제 모든 에너지를 가장 중요한 일에 쏟기 시작했다"고 말했다. 이혼한 싱글맘에 실업자였던 그녀가 세계적인 베스트셀러 작가로 변신한 사실을 기억한다면 무슨 말인지 금세 이해할 수 있을 터다. 작가는 상상력을 일러 "모든 발명과 혁신의 원천이기도 하지만, 내가 직접 겪어보지 못한 타인의 경험에도 공감할 수 있게 하는 힘"이라고 말했다. 상상력의 개념을 새롭게 정의할 수 있었던 데는 작가의 경험이 크게 작용한 것으로 보인다. 20대 초반 국제사면위원회 본부에서 일한 적이 있는데, 여기서 그녀는 인간이 저지르는 사악한 행동에 관한 자료를 보면서 악몽에 시달렸다고 한다. 다행히, 그곳에서 고통만 겪은 것은 아니었다.

> 반면 저는 그곳에서 타인의 아픔에 공감하는 인간의 힘도 볼 수 있었습니다. 안전하고 행복하게 사는 평범한 사람들이, 감옥에 갇힌 적도 없고 고문도 받은 일이 없는 그런 사람들이 어딘가에 있는 알지도 못하고 평생 만날 일도 없는 사람을 구하기 위해 일하고 있었습니다. 지구상의 어떤 생물과도 달리 인간은 경험하지 않고도 배우고 이해할 수 있습니다. 다른 사람의 마음을 헤아릴 수 있고, 다른 사람들의 처지를 상상할 수 있습니다.(「타인의 아픔 공감하는 상상력이 세상 바꾼다」, 『중앙선데이』, 2008년 6월 8일자)

왜 이 시대에도 여전히 책을 읽어야 하는가, 라는 질문에 나는 너무 늦게 새로운 답을 얻었다. 굳이 정리하자면, 타인의 고통을 상상하는 힘을 키우려 해서이다. 그렇다면 다시 도전적인 질문을 던져야 한다. 모든 책이 우리를 그렇게 만들어 주는가. 그건 아니다. 그렇다면 이제, 좋은 책의 개념이 바뀌어야 한다. 그들의 눈물에 공감하고 함께하려고 이끄는 책이라고 말이다. 아, 우리의 가슴은 너무 쉽게 강퍅해졌다. 소통하고 공감하려는 의지를 너무 일찍 버렸다. 그들이 지르는 신음이 들리지 않는가. 그들이 흘리는 핏물이 보이지 않는가. 그렇다면 다시, 우리는 상상하는 사람이 되려고 애써야 한다. 그러려고 읽는 책이 비로소 가치 있는 시대를 우리는 살고 있는 것이다.

10
잘 쓰려면 잘 읽어야 한다

논술 때문에 난리인 모양이다. 서점에 나가면 논술 자 붙은 책들이 널려 있다. 남들 다 가 보고 싶어 하는 대학에 들어가려면 논술을 준비해야 하니, 장삿속 밝은 쪽에서 그런 류의 책을 내지 않을 수 없을 터이다. 그런데 논술 자 붙은 책을 볼 적마다 드는 의문이 있다. 저 책을 읽으면 논술 잘할 수 있을까, 하고 말이다. 수능 끝나고 막판에, 짧고 굵게 논술시험을 준비하는 데야 약간이나마 도움이 될 수 있을 것이다. 그러나 아직 시험 보려면 세월이 많이 남은 저학년들에게 그런 책이 도움 될 리 없다. 그러면 어떻게 해야 논술을 준비할 수 있을까. 답은 간단하다. 평소에 책을 많이 읽고 글을 꾸준히 써 보면 된다. 이 말을 들으면 외려 답답해질 터. 어디서나 듣는 도움말이니까.

그래서 지금부터 약간은 낯설고 신선한 발상이 돋보이는 내용을 말하려 한다. 내가 개발하고 글로 쓴 것이면 좋겠지만, 아쉽게도 남이 쓴 책에서 발견한 내용이다. 잘 들어 보고, 잘 읽고 잘 쓰는 방법을 터득했으면 하는 바람이다. 내가 발견한 흥미로운 책은, 책 제목부터 실용적인 목적이 뚜렷한 『원고지 10장을 쓰는 힘』(황혜숙 옮김, 루비박스, 2005)이다. 사이토 다카시라는 일본인 교수가 쓴 글인데, 내가 이 책을 두고 재미있다고 단정적으로 말한 데는 그만한 이유가 있다. 글쓰기 책 가운데 이렇게 거칠고 중구난방이고 한 말 또 하는 책을 보지 못했다. 글을 잘 쓰는 척해야 신뢰가 갈 터인데, 이 책은 그런 겉치레를 전혀 하지 않고 있다. 그런데도 이 책이 흥미롭다고 하는 것은, 제대로만 익히면 글 잘 쓰는 데 큰 힘이 될 법한 내용이 들어 있어서다.

그 하나는, 자신이 말하고 싶은 것을 세 개의 열쇳말로 압축, 정리해 보라는 것이다. 그리고 그 세 개의 열쇳말을 연결해 글을 구성하는 훈련을 하다 보면, 200자 원고지 열 장을 쓰는 것은 물론이요 백 장이든 천 장이든 다 써낼 수 있다고 큰소리치고 있다(이 정도 능력을 키워 낸다면 논술은 그야말로 식은 죽 먹기가 된다). 이에 해당하는 지은이의 말을 딱 세 군데만 인용하면 다음과 같다.

> 글을 쓰기 전에는 우선 키워드를 설정한 뒤에 메모하는 것이 중요하다. …… 누구든지 중요하다고 생각할 만한 핵심을 파악함과 동시에 자신이 흥미롭고 필요하다고 생각하는 것을 찾아내면 자신만의 색은 저절로 표출된다.(81~82쪽)
>
> 키 컨셉은 각각 다른 것을 세 개 선택해야 한다. 그리고 그 컨셉 세 개를 연결하는 논리를 구축해 나가야 한다. 이때 자신의 생각은 점점 더 분명해진다. 그래서 생각하는 힘이 필요하고, 또한 그 힘이 점차 향상되는 것이다. 그 과정에서 자신의 개성도 표출된다. 요컨대 세

개의 키 컨셉은 그 문장 전체를 구성하는 세 개의 다리이다.(85쪽) 서로 비슷하지 않은 세 개의 컨셉을 얼마나 잘 연결시키냐는 전적으로 글쓴이의 능력과 재능에 달려 있다. 이것은 논리를 연결해 가는 작업이기 때문에, 글쓰기를 하면 사고력도 자연스럽게 향상된다. …… 잘 썼다고 느껴지는 글은 전혀 상관없을 것 같은 요소들을 잘 연결하는 글이다.(96~97쪽)

무슨 귀신 씻나락 까먹는 소리냐고 생각하지는 말 것. 평소 해본 브레인 스토밍을 응용한다고 보면 된다. 주어진 과제를 해결하기 위해 생각나는 단어를 무작정 나열한다. 그것을 주제별로 정리한다. 그리고 각 주제별 단어 가운데 핵심적인 것 세 가지만 솎아 낸다. 그런 다음에 그 열쇳말을 각 단락의 주제로 삼아 한 편의 글을 써 나가면 되는 것이다(머릿속으로 아무리 생각해도 잘 모르겠으면 직접 해보시라. 의외로 쉽고 재미있다).

두번째로 이 책에서 주목할 만한 내용은 이름하여 "쓰기 위한 독서술(讀書術)"이다. 교양이나 취미로서의 책읽기가 아니라 글쓰는 능력을 키워 주는 책읽기는 그 방법이 달라야 한다는 뜻이다. 이 책이 천박하지 않은 것은, 앞의 인용문에서 얼핏 알 수 있듯, 글을 잘 쓰려면 생각하는 힘을 길러야 하고, 그 힘을 기르려면 책을 읽어야 하고, 길러진 힘으로 글을 쓰다 보면 생각하는 힘이 더 커진다고 강조하고 있기 때문이다. 어쨌든 글을 잘 쓰려면 책을 많이 읽어야 하는데, 책을 읽다 보면 영감을 얻는 경우가 많기 때문에 그러하고,

그런 생각을 하며 읽으면 책을 더 깊이 읽을 수 있으니, 이를 일러 꿩 먹고 알 먹고라 하고 도랑 치고 가재 잡는 격이라 하는 법이다.

문장력도 키우고 사고력도 넓히며 독서력도 높이는 지은이의 체험적 독서법은 간단하다. 먼저 책을 읽는 이유가 글 쓰기 위해서라는 것을 확실히 해야 한다. 그럴 경우 우리는 많은 것을 얻을 수 있다. 한 편의 글이나 한 권의 책에서 주제의식이나, 논리 전개의 방식, 은유나 직유 같은 수사학 따위를 눈여겨 보고, 그것을 자기 것으로 만들고자 애쓰게 된다. 그런데 정작 지은이가 중요하게 생각하는 것은 인용이다. 한 편의 글이 오로지 자기 생각으로만 채워질 수는 없는 노릇이다. 더욱이 자신의 주장을 논리적으로 뒷받침하는 글에 적절하게 인용된 글은 큰 힘을 발휘하게 된다. 그러니까 인용을 목적으로 하는 독서에 충실해 보라는 권유인 셈이다. 이를 위해 지은이는 삼색펜을 들고 책을 읽는다. 반드시 인용할 곳에는 빨간색을, 그 다음으로 중요한 부분에는 파란색을, 개인적으로 흥미롭다고 느끼는 대목에는 녹색을 친다(설마, 당신도 똑같은 색으로 줄을 치려고 하는가? 창의력을 발휘해 보시도록). 이렇게 해놓으면 인용할 때 별도의 품을 들이지 않아도 쉽게 찾을 수 있다는 것이다.

책을 선택해서 읽어야 한다는 게 지은이의 또 다른 체험적 독서론이다. 책을 끝까지 다 읽어야 한다는 강박증에서 벗어나 "글을 쓸 주제와 관련된 부분만을 골라 읽는 것이 글을 쓰는 데 훨씬 효과적"이라고 말한다(어떻게 그렇게 할 수 있을까 하고 지레 겁먹지는 말 것. 인터넷 포털사이트나 서점의 본문 검색 서비스를 이용하면 된다). 그리고 기왕이면 제한시간을 두고 읽는 것이 능률적이라고 한다. 그럴 수밖에 없는 것이, 글이란 대체로 마감시한이 있는지라, 무한정 '준비운동' 만 하다 말 수 없으니 지은이의 말에 고개를 주억거릴밖에. 그 다음에는 익히 예상하는 '권장사항' 이 나온다. 목차를 검토해서 필요한 항목을 솎아 내거나, 드문드문 읽으면서 골라내라는 말이다. 그런데 여기서도 다시 열쇳말은 중요한 역할을 한다. 자기가 쓰고 싶은 것을 하나의 열쇳말로 정리해 두고, 그것을 마치 "그물망처럼 펼치면서 책을 읽어 나간다. 그 그물망에 빠져나가지 않고 걸려드는 것이 내가 글을 쓸 때 필요한 재료가 되는 것"이란다.

그동안 우리는 오로지 읽기 위한 읽기에만 초점을 맞춰 왔다. 어떻게 해야 잘 읽을 수 있고, 무엇을 읽어야 도움이 될까 하고 고민해 온 것이다. 이제 강조점을 바꿔 책을 읽어 보자. 쓰기 위해 어떻게 읽어야 할까로. 논술을 준비하는 청소년이라면 반드시 염두에 두어야 한다. 그렇다면 최종적인 문제가 남는다. 글 쓰는 데 필요한 것만 골라내 읽는 선구안이 중요한데, 도대체 이것은 어떻게 키워야 할까. 그래서 지은이는 학생 시절에 부지런히 책을 읽어야 한다고 힘주어 말한 것이다. 교양과 취미로 책을 두루 읽어 놓으면 나중에 실용적 독서에서도 힘을 발휘할 수 있다는 말이다. 모든 것은 기본으로 되돌아가게 되어 있는 법이다.

11
제도로서의 책읽기 고민해야

아마 스스로 포장을 너무 잘하고 다녀서 그런 모양이다. 책 읽는 일을 업으로 삼고 있다 보니, 사람들은 내가 어려서부터 책을 무진장 많이 읽어 온 줄 안다. 내가 포장을 잘하고 있다는 것은, 아닌데도 거짓부렁으로 그런 척했다는 것은 아니고, 구체적으로 묻기 전에는 먼저 자세히 말하지 않는다는 것이다. 사람들이 그리 짐작하는 듯한데, 내가 나서서 그런 오해는 하지 마시라고 할 이유는 없지 않은가. 짐작과 달리, 나는 어려서부터 책을 많이 읽은 부류에 들지 않는다. 63년생으로, 남한의 가난한 동네는 다 찾아다니며 산 내가 책을 읽는다는 것은 애초에 기대하기 어려운 일이기도 했다. 아버지는 하루 벌어 하루 살기에 급급하다 나중에 공장노동자가 되었고, 허약한 어머니는 공장에 나가거나 옥수수를 쪄 거리에서 팔거나 화장품 외판원을 해야 하는 상황에서 어찌 책을 마음껏 읽을 수 있었겠는가.

물론, 오늘에는 가정형편이 어렵더라도 책을 구해 읽어 보는 것은 훨씬 손쉬운 일이 되었다. 아직 부족하지만, 그래도 학교 도서관이나 공공 도서관에서 책을 공짜로 읽을 수 있는 사회적 시스템이 자리 잡아 가고 있는 탓이다. 그러나 내가 어렸을 때는 그런 것은 눈을 씻고 찾아보아도 없었다. 청소년 시절 학교 도서관의 문에는 자못 무거운 자물쇠가 달려 있었다. 거기에다 교육을 통한 신분상승에 목을 걸다 보니 독서교육이란 있지도 않고 뜻있는 교육자라도 입도 뻥긋하지 못할 상황이었다. 그래도 나는 책을 읽기는 하였다. 무슨 연유에선가, 아 철없어라, 어머니를 졸라 계몽사판 『세계아동명작전집』(기억이 가물거려, 정확하지는 않다)을 월부로 사 게걸스럽게 읽어제쳤다. 옛 기억을 거슬러 올라가면, 이 출판사가 독후감 대회를 연 모양이었고 나는 춘천지역 대표로 서울에 올라와 뭔가 끄적거리고 내려간 것 같다. 당시의 심사위원들은 반성해야 할 것. 이토록 훌륭한 도서평론가가 될 사람의 자질을 알아보지 못하고, 아무런 상도 주지 않았으니 말이다(농담이니, 독자여 제발 노하지 마시기를!).

많은 사람들이 이를 갈며 말하는 '자유교양문고'도 나의 갈증을 씻어 주는 데 좋은 역할을 했다. 집에 돌아가 봐야 라디오밖에는 즐길 오락거리가 없다 보니, 학교에 남아 책 읽을 시간을 준 것이 차라리 좋았던 모양이다. 당시 읽었던 우리 역사를 빛낸 인물들의 전기들이 지금도 생각나니, 희한한 일들이다. 성남으로 이사와서는 조그마했던 학교 도서관을 이용했던 기억이 난다. 교실 한 칸에 책을 놓고, 책상 몇 개가 있던 풍경이 그려진다. 이용하는 학생들도 별로 없었던 것 같다. 그래도 나는 그곳에 자주 들락거린 모양이다. 나보다 내 어린시절을 잘 기억하는 초등학교 동창들은 내가 책벌레로 성장할 싹수가 있었다고 증언해 주었다. 그날은 쥘 베른(Jules Verne)의 소설을 읽었던 것 같다(『해저 2만리』?). 커튼 사이로 햇살이 지는 것을 보고, 집으로 돌아가던 모습이 생각난다. 아, 그때 나는 얼마나 외롭고 힘겹고 쓸쓸했던가(나이 50이나 되어야 느낄 정서를 그때 이미 겪었으니, 참으로 고달픈 인생이었도다!).

당시에는 전집물이 유행했던지라, 술 한잔 걸친 아버지가 무거운 전집물을 몇 세트 들고 왔다. 지금도 출판가에서 높이 평가하는 신구문화사의 『한국의 인간상』을 사니 『세계명작단편전집』과 『한국설화전집』 따위가 끼어들었다. 6학년 때 독후감 숙제로 사도세자 편을 읽고 글을 내었으니, 나는 조숙한 편에 들었다. 내가 올되는 데 크게 기여한 것이 또 하나 있으니, 『설화전집』이 그것이었다. 이 책은 말이 설화지 전해 내려오는 온갖 음담패설을 모아 놓은 책이었다. 내가 알아야 할 성에 대한 모든 것은 이 책에서 다 알았다. 그게 무언지 모르면서 그게 좋은 것인지는 알았고 금단의 열매가 얼마나 달콤할지에 대한 기대심리도 높아졌다(그러면 뭐해, 머리에 피도 안 마른 6학년이었으니!).

나는 책을 읽고 싶어 국문과에 진학했다. 고3 담임이 어이없어 했다. 문학적 재능이 있는 것 같지 않고(내 경험에 비춰 보면, 선생들은 학생을 과소평가하는 데 익숙하다), 가정형편이 어려운데 국문과라니. 차라리 사범대 국어교육과라면 모르겠고, 선생 하고 싶지 않으면 대학을 낮춰 영문과에 가라고 성화였다. 그런데 나는 차라리 선생을 하면 했지 영문과에 가고 싶은 마음은 털끝만큼도 없었다(지금도 나는 남의 나라 말과 너무 친하지 못해 큰 문제다). 그래서 국문과에 갔다. 내가 거기에 가서 가장 인상 깊었던 것은, 중고등학교 시절

책읽기의 가치를 깨닫고 스스로 읽어 나갈 수 있다면, 이보다 좋은 일은 없다. 문제는 소수의 청소년을 빼놓고는 이 같은 현상을 기대할 수 없다는 것이다. 무엇을 어떻게 해야 이 암담한 상황을 돌파할 수 있을까? 뜻있는 사람들이 지혜를 모아야 하는데, 나는 그 길 가운데 하나로 제도로서 책읽기를 수용해야 한다고 본다. 물론, 제도로 접근할 적에 벌어질 일은 충분히 예상할 수 있다. 강제성을 띤 독서가 어떤 결과를 가져올지도 짐작할 수 있다. 그런데, 그러니까 하지 말자거나 못한다고 한다면 너무 무책임한 답변이다. 예상되는 부작용을 최소화하면서 기대하는 효과는 최대화하는 방책을 고민해 보아야 한다.

교육이란 무엇일까. 꼭 알아야 하나 스스로 하기 버거운 것을 제도로 소화해 내는 것이 아닐까. 처음에는 강제성의 혐의에서 자유로울 수 없으나, 그 끝이 자발성을 촉발할 수 있는 길을 서둘러 찾아야 한다.

책을 엄청나게 읽어제친 괴물들이 득시글거렸다는 사실이다.

나는 일찌감치 세상의 유일한 잣대, 그러니까 알량한 시험 성적으로 인간의 영혼 크기까지 재는 시스템에서 자유로웠던 아름다운 사람들을 만났다. 그들은 세상의 잣대 대신 자신들의 잣대를 들고 나섰다. 학벌이니 영어실력이니 하는 잣대가 아니라 얼마나 문학적' 형상화에 충실했냐 하는 잣대였던 것이다. 나는 이때부터 급성장했다. 대학수업이라니, 그 초라하고 형편없는 것들을 나는 일찌감치 포기했다. 책 읽으며 눈을 떴고, 선배들과 토론하며 깨우쳤으며, 그렇게 안 것들을 글로 쓰며 정리해 나갔다. 비록 보잘것없는 사람이지만, 내가 무언가 세상에 이바지하는 게 조금이라도 있다면, 그것은 내 힘으로 이루어진 것이 아니라, 그 엄혹한 시대와 그것에 맞서고자 했던 숱한 사람들 덕이다.

그럼, 한번 물어보자. 내 독서편력에서 교육은 어떤 기여를 했는가 하고 말이다. 초등학교부터 대학에 이르기까지 교육제도가 책을 읽게 한 바는 전혀 없다고 해도 지나친 말이 아니다. 고작 '자유교양문고' 정도이나, 이는 요샛말로 하면 방과 후 수업형태였을 뿐이다. 나는 이것이 책 읽는 사회를 가로막는 최대의 주범이라고 여기고 있다. 도대체 공부한다는 것이 무엇이냐, 라고 질문해 보자. 그것은 스승과 제자들이 모여 함께 책을 읽고, 그것을 주제로 토론하고, 이를 글로 써 보는 것이지 않던가. 달리 표현하자면, 읽고, 말하고, 쓰고, 고쳐 주고 하는 연속과정에서 지적으로 성장하는 것이다. 그러나 우리의 교육현실은 어떠한가. 많이 나아졌다고 하지만, 여전히 주입식 교육이 대세를 이루고 있고, 교과서와 참고서만으로 수업하는 꼴이다. 여기에는 사고의 다양성이 끼어들 여지가 너무 협소하다. 한 가지 주제에 대한 사람들의 생각이 얼마나 다양할 수 있는가를 경험할 수 없다.

나는 이즈음 자본의 책략이 다수의 사회구성원을 '어린이-만들기' 시스템으로 몰아가고 있다고 여기고 있다. 말장난을 하자면, 교육의 핵을 제거한 난자에 오로지 돈 되는 것뿐인 체세포를 융합해 학교라는 자궁에 이식, 자본이 필요로 하는 줄기세포만 선택적으로 양성하고 있는 것이 아니냐는 의구심을 품고 있는 것이다. 다 쓴 난자는 그 생명의 가치를 인정받지 못하고 내버려지듯 한 인간이 품고 있는 다른 가능성은 묵살되는 것이다. 정리하자면, 당장 자본이 필요로 하는 분야는 어른으로 만들어 주지만(생산적 노동자 만들기), 나머지는 어린이로 만들어 버리고 있다는 것이다(소비자 만들기). 예의도 없고 열망도 없고 교양도 없는 이유가 여기에 있다. 오랫동안 교육이 꿈꾸어 온 전인성은 다른 말로 하면, '어른-만들기' 였다. 여기에는 변화와 성장이 열쇳말이었다. 그렇다면, 그것을 가능케 하는 매체는 무엇이던가. 바로 책읽기였다. 그렇다면, 우리의 교육은 책읽기와 어떤 관계가 있는가 되물어 보자. 책읽기가 들어설 수 없는 우리의 교육은 어린이-만들기라는 자본의 요구에 충실할 뿐이다.

이즈음, 책읽기를 교육제도가 어떻게 수용해야 하는가를 놓고 논란이 일고 있다. 나는 교사들이 이 주제를 교육운동의 논리에서 풀어 나가야 한다고 본다. 인증제 대상이 된 책을 불사르고 싶다고 나부대지 말고, 교과서와 참고서를 불사르라는 말이다. 그렇게 해서 교육의 핵심에 책읽기가 들어오도록 해야 한다고 믿고 있다. 이를 위해 다른 나라의 교육과 책읽기 정책에 관심을 기울이고, 문화논리에 편중된 여론을 교육운동 차원으로 흡수하려는 노력이 필요하다. 나는 더 이상 나 같은 경험을 겪은 사람들이 양산되길 바라지 않는다. 그 오랜 세월, 교육받으면서 제대로 된 독서교육을 경험하지 못했다는 것은 우리 교육의 오점이자 수치이다. 한 개인의 노력으로 지식과 교양을 쌓는 것이 아니라, 교육시스템으로 그것이 가능하도록 이끌어야 한다. 그러지 못한다면, 학교는 죽은 것이며, 차라리 '탈-학교' 해야 한다(나하고 생각이 같은 교사를 뒤늦게 '발견' 하고 무척 기뻐했던 일이 있다. 이 허섭스레기 같은 글보다, 백화현 선생의 글이 많은 것을 시사할 터이다. 백화현, 「학교에서의 독서교육 어떻게 할까」, 『기획회의』 제21호, 2005년 5월 20일).

나는 이 자리에서 책의 교육적 가치에 대해서는 입도 뻥긋하지 않았다. 컴퓨터와 인터넷만 있으면 교육이 선진화될 거라고 믿는 사람들은 골 빈 정치인이거나 성과주의에 매몰된 교육행정가들뿐이라 알고 있기 때문이다. 그래도 아직 그 가치에 회의적인 교사가 있다면, 결례를 무릅쓰고 한마디 하니, "너 자신부터 책을 제대로 읽어보라!"는 것이다. 아, 이 나라에서 산다는 것은 괴롭고 고통스럽기 짝이 없는 노릇이다. 원칙과 상식이 뿌리내리지 못해서이다. 이즈음만큼 영문과로 진학하지 않은 것을 후회해 본 적이 없다. 마음 같아서는 다른 나라로 '망명' 이라도 떠나고 싶어서다.

2부 어떻게 읽어야 하는가?

아무리 견고한 문이라도 열쇠가 있다면, 열고 들어갈 수 있는 법이다. 책의 세계도 마찬가지다. 많은 사람들이 책을 안 읽는 데는 그 문을 따고 들어갈 수 있는 열쇠가 없기 때문이다. 무릇 책벌레들에게는 열쇠가 있다. 숱한 시행착오를 거쳐 마침내 만들어 낸 것이다. 당연히 모든 사람에게 두루 통하는 열쇠는 아니다. 그렇지만 어떤 과정을 거쳐 거기에 이르렀는가를 알게 되면, 자신만의 열쇠를 만드는 데 도움이 된다.
생각해 보라. 인류의 지성사를 빛낸 책들이 도서관에 가득 차 있다는 것만으로 나의 삶에 어떤 영향을 미칠 수 있겠는가. 비록 견고하더라도 자력으로 정복해야 나의 성이 되는 법이다. 책이라는 껍질에 둘러싸인 교양과 지식이라는 과육을 잘 도려내야 한다. 책벌레들에게는 자기만의 독서법이 있게 마련이다. 두루 알아 두고 창조적으로 적용하면 새로운 독서법을 만들 수 있다. 책벌레는 그렇게 태어나는 것이다. 사진은 대영박물관 도서관의 모습.

1
『삼국지』 읽지 마라?

어느 중문학자와 이야기를 나눈 적이 있다. 분위기가 무르익다 보니, 대화의 주제도 마냥 넓어져 본의 아니게 시비 거는 말을 하고 말았다. 이름난 중국고전문학은 소설가들이 앞다투어 우리말로 옮기더라, 정작 전공자들은 왜 '직무유기' 하냐며 목소리를 높인 것이다. 옥신각신하다 이야기는 만화가 고우영에 이르렀다. 그이는 고우영 『삼국지』(애니북스, 2007)를 침 튀겨 가며 상찬했다. 그 말끝에 우리 중문학계가 고우영에게 진 빚이 많고, 오십 년 안짝에 학위논문으로 '고우영론' 이 나올 것이라 호언했다.

이때다 싶어 나섰다. 나 역시 고우영의 『삼국지』를 주변 사람들에게 권한다. 이유는, 꽤 역설적인데, 나는 이 시대에도 여전히 『삼국지』를 읽어야 하는가에 무척 회의적이기 때문이다. 세상살이가 전쟁터 한가운데를 가로지르는 것과 다를 바 없는데, 굳이 권모와 술수가 넘쳐 나고 살육과 탐욕으로 점철된 책을 필독서인 양 여겨야 하겠는가. 더욱이 이 책을 청소년들에게 읽어 보기를 권하는 사회분위기에 나는 강한 저항감을 느끼는 편이다. 더불어 살아가는 힘을 키워 주고, 더 나은 세상을 만들기 위해 지적 고투를 벌였던 사람들의 책을 읽는 게 어울리지 않겠는가.

그런데 사회분위기는 영 딴판이다. 마치 이른 나이에 『삼국지』를 읽지 않으면, 사표와 귀감을 얻지 못할 것처럼 나부대는 데다, 더 강화된다는 논술에서도 좋은 성적을 거두지 못할 것인양 말하고 있다. 그래서, (자율적으로는) 안 읽어도 되는데 (타율에 따라) 굳이 읽어야 한다면, 시간 아깝게(열 권이나 되지 않더냐) 소설로 보지 말고, 고우영의 만화책으로 읽으라고 하는 것이다. 더 재미있고 더 풍자적이고 더 신나고 (같은 열 권짜리더라도) 더 빨리 읽힌다는 말도 꼭 덧붙인다. 장광설을 인내심 있게 듣던 그 중문학자가 퉁명스럽게 대꾸했다. 고우영의 『삼국지』를 높이 평가하는 것은 그런 이유 때문이 아니라, 작품 해석이 놀라울 정도로(그러니까 학문적 연구 대상이 될 만큼) 독창적이어서란다.

내가 이야기의 졸가리를 잘못 파악하고 있었던 것이다. 아무래도 흥분하면 그런 일이 일어나기 십상이다. 그렇다면 나는 왜 세평과 달리 『삼국지』를 후하게 쳐주지 않는 것일까. 따져 보면 『삼국지』에 대한 이상 과열현상에는 그럴 만한 이유가 있다. 수단과 방법을 가리지 않고 승리하는 '병법' 을 일러 주는 『삼국지』는 무한경쟁의 시대를 사는 현대인들에게 많은 도움이 되었을 것이다. 거기에는 오늘에도 유효한, 이른바 고전의 지혜라고 포장된 처세술이 담겨 있다. 그러나 나는 청소년들이라면, 『삼국지』보다 먼저 『서유기』를 읽어보아야 한다고 힘주어 말하는 쪽에 든다. 이 작품은 얼핏 보면 손오공의 기행으로 얼룩져 있지만, 꼼꼼하게 읽어 보면, 참된 것을 향한 모험이며 이를 통해 영혼이 성장하는 과정을 그린 작품이다. 만화나 애니메이션으로 나온 작품들과 달리 상당히 깊이 있는 주제를 다루고 있다는 것이다. 성장통을 겪는 청소년들에게 그 고통은 왜 겪어야 하며 그 종착지는 어디여야 하는지 이처럼 잘 말하고 있는 작품이 어디 있던가. 더욱이 환상소설이라 하면, 『반지의 제왕』이나 '해리 포터 시리즈'가 전부인 양 알고 있는 새로운 세대에게 동양 환상소설의 대표작을 권하는 것은 균형감각을 키우는 데도 도움이 될 것이 확실하다. 언젠가 이런 심정을 담아 『서유기』에 관한 독후감을 개인적 경험을 바탕으로 쓴 적이 있는데, 이를 정리해서 다시 쓰면 다음과 같다.

무엇이 어린아이를 충동해 그 같은 열정에 사로잡히게 했는지 지금도 궁금하다. 일반 서점이라면 몰라도 헌책방을 찾아다니며 책을 찾기에는 분명 어린 나이였다. 초등학교 5학년 즈음에 나는 서유기를 구하려고 발품을 팔고 다녔다. 급조된 위성도시의 헌책방이란 얼마나 초라하던가. 도시계획이야 짧은 기간 안에 세우고 실행할 수 있지만, 문화라는 것은 그렇게 단기간에 축적될 수 없다. 지금도 그렇지만, 참고서만 즐비한 헌책방에서 『서유기』를 고르기란 여간 어려운 일이 아니었다. 아무리 찾아도 없기에 오기가 생겼던 모양이다. 그 도시에 있던 헌책방을 다 뒤져 결국 『서유기』를 찾아냈다. 그때 산 책은 정말 헌책이라는 이름에 어울렸다. 헌책이라기보다는 고서에 가까웠고, 그런 만큼 종이는 삭아 있었다. 지금 생각해 보면 딱지

이구동성으로 『삼국지』를 읽으라는 분위기를 나는 동의할 수 없다. 특별히 청소년들에게 경쟁과 권모술수 따위를 일러 주는 책을 권유하다니, 옳지 않다고 본다. 그렇다고 읽지 말라고 해야 한다는 것은 아니다. 알아서 읽는 것을 굳이 읽지 말라고 할 필요는 없다. 그럼에도 『삼국지』가 무에 그리 대단한 작품이라 설레발치는지 모르겠다는 생각에는 변함이 없다. 『삼국지』가 널리 읽히는 사회는 그만큼 공동체적 가치가 약화되고 승자독식을 내세우는 곳일 가능성이 높다. 그런 사회에서 살아남으려면 치열한 전투에서 승리를 거머쥐는 자들의 세계를 그린 작품을 읽어야 할 테니까 말이다. 그래서 나는 좀 과격한 주장을 펼친다. 『삼국지』 읽지 말라고. 그리고 대안으로 『서유기』를 내세운다. 우리 삶이 참된 것을 찾으러 가는 여행과 다를 바 없을진대, 그 길을 가로막는 것은 내 안의 욕망일 가능성이 높다고 말해 주고 있는 소설이니까.

널리 읽으라 하고, 많이 읽는 책에는 한 시대의 정신이 담겨 있게 마련이다. 『삼국지』 읽으라고 권하는 시대는 그만큼 경쟁과 생존의 가치가 우선되는 사회다. 위 그림은 『중국역사인물대사전』에 수록된 '삼국지'(왼쪽)와 '서유기'(오른쪽)의 삽화.

본의 일종이 아니었나 싶다.

설레는 마음으로 집으로 돌아와 시간 가는 줄 모르고 그 책을 읽었다는, 『서유기』에서 반복되는 어법에 기대면, 얘기는 그만두기로 하자. 몇 번이고 되풀이해 읽었으니, 책을 대하는 태도가 게걸스러웠다고 말하는 것이 정확하리라. 이런 경험은 몇 차례 있었다. 역시 헌책방에서 구한 『홍길동전』을 읽을 때나, 영화 '얄개 시리즈'에 흠뻑 빠져 읽었던 『얄개전』이 그러했다. 각별히 『얄개전』에는 재미있는 일화가 있다. 오래전에 나와 인기를 끌었던 작품이라는 사실을 알고는 예의 헌책방을 뒤졌다. 그러나 어느 헌책방에도 『얄개전』은 없었다. 실망감이 이만저만한 것이 아니었다. 남산에 도서관이 있고, 동대문운동장 어름에 헌책방이 몰려 있는 서울 아이들은 이 책을 쉽게 구하겠지, 하는 부러운 심정으로 동네 서점에 들렀다. 그런데, 아뿔사, 그토록 찾았던 『얄개전』이 한 귀퉁이에서 자태를 뽐내고 있는 것이 아니던가! 영화가 인기를 끄니까 책이 다시 나왔으리라는 생각은 미처 못했던 것이다.

어린 시절 읽은 『서유기』는 한 권짜리였다. 그러나 어린 나이에 그 책이 요약본이라는 사실을 알 리 없다. 그냥 재미있고, 흥미로웠다. 아마도 손오공의 현란한 변신술과 권선징악이라는 주제에 만족했을 것이다. 못내 아쉬웠던 것은 이사를 자주 다니느라 어렵게 구했던 『서유기』를 그만 잃어버렸다는 점이다. 그때의 서운함이란, 과장하자면, 손오공이 여의봉을 잃어버린 격이었다. 궁핍했던 일상을 잊게 하고, 상상의 나래를 맘껏 펼치게 했던 『서유기』를 잃어버리면서 나의 어린 시절도 막을 내렸다.

원하지 않아도 어린 날의 추억은 반드시 되살아나기 마련이다. 직장 생활을 하던 어느 날, 불현듯 『서유기』를 다시 읽고 싶다는 생각이 들었다. 이때쯤에는 초등학교 시절에 읽은 『서유기』가 요약본이라는 정도는 알고 있었고, 삼장법사 일행이 만났던 그 숱한 요괴를 한 개인의 마음속에서 일어난 욕망의 화신으로 이해할 만한 수준이 되었다. 대형 서점을 뒤져 보았지만, 어린이용 『서유기』만 있을 뿐이고 완역본은 없었다. 이번에도 헌책방을 찾았지만, 이상하게도 유독 『서유기』만 없었다. 이런 와중에도 『서유기』 바람은 불었다. 일본에서 『서유기』를 현대적으로 재해석한 만화가 공전의 히트를 쳤고, 그 책이 국내에 소개됐다. 이에 질세라 국내 만화계의 대표주자격인 한 만화가가 한국판 『서유기』를 발표했고, 나중에 이것을 텔레비전 애니메이션으로 만들어 어린이들을 사로잡았다. 그런데도 사람들은 이상하게 여기지 않았다. 제대로 된 『서유기』 완역본이 독서시장에 나와 있지 않다는 사실을 말이다.

그러던 어느 날, 신문에서 눈에 띄는 기사를 하나 발견했다. 한 문화재단이 외국문학 번역작업을 지원하기로 했다는 내용이었는데, 이 재단의 관계자가 한 말이 가슴에 다가왔다. 한 나라의 문화를 풍요롭게 하기 위해서는 외국문학의 소개가 절실하다는 것은 누구나 다 아는 바이다, 하지만 우리의 번역상황이라는 게 너무나 좁고 얕다, 그 일례가 『서유기』 완역본이 없다는 것이다, 는 내용이었다. 나는 순간 무릎을 치면서 나와 생각이 같은 사람이 있다는 사실에 놀라워

했다. 『삼국지』는 과포화상태였다. 이름 있는 작가들이 경쟁적으로 번역을 하거나 평설을 해서 서점가에 책이 넘쳐 났다. 『수호지』도 제법 나와 있었다. 그렇지만 『서유기』는 없었다. 나중에 알았지만, 연변 조선족 학자들이 번역한 것을 책으로 낸 적이 있었는데, 이상하게도 그 책을 직접 보지는 못했다.

그런데, 드디어 국내에도 『서유기』(임홍빈 옮김, 문학과지성사, 2003) 완역본이 나왔다. 문학과지성사가 펴내는 대산세계문학총서 가운데 하나로 출간된 것이다. 반갑고 기쁜 마음에 책을 급하게 읽으며 나는 내내 한숨을 그치지 못했다. 좀더 일찍 나왔더라면 얼마나 좋았을까 하면서 말이다. 복거일의 정의대로 이 소설은 "7세기 당(唐)의 고승 현장(玄奘)이 천축(天竺)에서 불경을 얻어 온 역사적 사실에 바탕을 두고 의인화된 동물들을 주인공들로 내세운 동물환상소설"이다. 어린 시절부터 축약본이나 만화로 보아 온 터라 대강의 줄거리는 짐작하는 대로다. 그러나 이 소설의 참된 가치는 환상과 상상, 그리고 풍자와 해학을 통해 타락한 현실세계를 비웃고, 인간의 욕망을 깊이 있게 살피고 있는 데 있다. 그래서 이 소설을 읽는 즐거움은, 문학평론가 성민엽의 말대로, "서술과 묘사의 디테일 속에" 있다. 줄거리라는 뼈대를 감싸고 있는 풍성한 육질에 주목하라는 뜻이다.

권모술수와 모략이 넘쳐 나는 『삼국지』를 더 이상 고전취급하지 말라는 과격한 발언은 삼가하겠다. 그러나, 『삼국지』의 대척점에 『서유기』가 있음을, 그리고 그 정신의 높이에서 분명 『삼국지』를 능가하는 것이 바로 『서유기』라는 점만은 힘주어 말하고 싶다.

하지만 나는, 이 자리에서 굳이 시간 들여 『삼국지』를 꼭 읽어야 할 필요가 있겠냐는 과격한 발언을 하고 싶다. 이유는 이미 앞에서 다 말했으니, 되풀이하지 않아도 될 터. 그런데도 여전히 『삼국지』에 대한 미련을 벗어 버리지 못했다면, 다시 한번 과격한 발언을 하거니와, 굳이 이름난 소설가들이 우리말로 옮겼다고 나부대는 『삼국지』보다는 고우영의 『삼국지』를 보라고 말이다. 더 재미있고 더 흥미롭고 더 웃기니 말이다. 거기다가 화장실이든 버스 안이든 장소 불문에 짬짬이 시간 날 때마다 볼 수 있으니 첨상금화렷다. 남들이 다 좋다고 해서 무작정 따라 하는 것이 꼭 옳은 것만은 아니다. 거기에 문제가 없는지, 왜들 그러는지, 다른 대안은 없는지 한 번쯤 고민해 볼 필요가 있는 법이다. 권위를 무조건 인정하고 기존의 독서목록을 맹신하는 것은 옳은 독서법이 아니다. 외려, 따지고 의심스러워하고 비웃어 보기도 할 때 새로운 지평이 열리게 마련이다. 읽든 말든, 『삼국지』를 주제로 한번 고민해 보는 것도 값있는 일이라 믿는다.

2
책읽기와 고향 가는 마음

책읽기는 마치 완행열차를 타고 떠나는 여행 같다.

언제부턴가 사람들은 목적지에 빨리 이르려 서두른다. 굽은 길을 곧바로 펴고, 산을 깎아 내고, 하늘 높은 줄 모르는 기둥을 세운다. 급한 일이 있어 KTX라도 탈라치면, 속도의 위력을 실감한다. 세 시간도 안 걸려 부산에 도착하니, 놀라운 일이다. 정말, 이러다간 빛의 속도로 내달리는 게 아닐까 싶어진다. 그런데 간혹 드는 의문이 있다. 미친 속도로 달리는 기차나 비행기 안에서 우리는 행복감을 느끼고 있을까. 왜 자꾸 젊은 날 경춘선을 타고 떠났던 여행이 떠오른 것일까. 차장의 만류에도 불구하고 기차 한구석에서 기타 반주에 맞춰 노래 부르던 기억은 왜 이다지도 더 생생해지는 것일까. 아마도 거기에는 낭만이 있고, 감동이 있고, 이야기가 있어 그러하리라.

책읽기는 여행이어야 한다. 돈 벌려고 여행 떠나는 사람은 없으리라. 그것은 출장일 뿐이다. 지친 영혼과 육신을 달래기 위해 우리는 떠난다. 세상살이를 하며 우리는 얼마나 숱한 상처를 받고 남에게 원치 않는 상처를 입히던가. 쉼표가 필요하다. 맑디맑은 샘물에 자신의 얼굴을 비추고 지난 삶을 성찰해야 한다. 상처받지 않는 강건한 영혼으로 거듭나기 위해, 상처주지 않는 너그러운 사람이 되기 위해. 과로와 술에 찌든 육체는 어떻던가. 몸 구석구석에 끼인 곰팡이를 없애기 위해 우리는 여행을 떠난다. 저 강렬한 햇빛에 우리의 몸을 말리려 한다.

언제부턴가 지금 당장 효과를 발휘하지 않는 것이면 그 가치를 깎아내렸다. 투자하면 몇 곱절의 이익을 남겨야 한다고 떠벌렸다. 세상 곳곳에 '출장'을 떠나라는 말만 무성한 꼴이다. 그러니 누가 책을 읽겠는가. 차라리 주식 시세표를 읽고, 로또 당첨 번호를 확인하는 것이 나은 세상이 돼 버렸다. 책읽기는 즉각적인 효과를 기대하지 않는 행위다. 책읽기에는 매료라는 말이 어울린다. 이야기가 흥미로워서, 과거를 회상케 해서, 꼭 있을 것만 같아서, 감동스러워서, 새로워서 읽는다. 이야기를 읽으며 지금의 나를 버리고 주인공과 하나 되는 놀라운 경험을 한다. 울고 웃고 가슴 치며 읽어 나간다. 그것은 쉼표이다. 일상이 정지되고 상상의 공간이 펼쳐진다. 놀라운 것은, 책을 읽고 나면 위로받고 격려받으며 더 나은 세상을 꿈꾸게 된다는 것이다. 그러니, 책읽기는 여행이다.

책은 느리게 읽어야 하는 법이다. 완행열차가 느리게 가기에 풍광을 즐길 수 있지 않던가. 책을 읽으며 우리는 생각해야 한다. 그것이 무엇을 뜻하는지와 상징하는지를. 그리고 그 구절이 떠올린 삶과 역사를 곱씹어 보아야 한다. 책장을 천천히 넘길수록 우리는 더 풍요로워진다. 한 권의 책이 과거로 열려 있어서다. 책을 읽으며 우리는 현실과 대결을 벌여야 한다. 오늘 우리의 삶을 이 모양으로 만든 괴물의 정체를 밝혀내야 한다. 시장의 손만 있고, 연대의 손은 사라진 현실을 고민해야 한다. 한 권의 책은 이처럼 현재에 맞닿아 있다. 책을 읽으며 우리는 꿈꾸어야 한다. 더 이상 아파하는 사람이 없는 세상을, 더 이상 눈물 흘리는 사람이 없는 세상을 말이다. 이때 우리는 중력의 법칙에서 자유로워지리라. 상상의 날개를 달고 '비자' 없이 금지된 곳으로 날아간다. 흥분되고 떨리는 시간이다. 한 권의 책은 미래로 이끈다.

그러니, 간이역마다 서는 완행열차처럼 책을 읽어야 한다. 서둘러 읽으면 책은 문을 닫는다. 천천히, 간절한 마음으로 읽는 이에게 그 깊은 세계를 열어 보인다. 필요한 대목만 골라 읽고서 다 읽은 체해서는 안 된다. 이곳저곳에서 읽은 내용을 짜깁기해 자기만의 지식인 양 설레발쳐도 안 된다. 그것은 일테면 KTX식 독법이다. 목적지를 향해 성급하게 내달리는 꼴이라 그렇다. '완행열차식 독법'은 다르다. 얼개가 무엇인지 쓰다듬어 가며 읽는 것이다. 그 얼개를 감싼 내용이라는 육질을 음미해 가며 읽는 것이다. 곳곳에 숨어 있는 작은 사연들을 소중히 여기며 읽는 것이다. 그리하여, 지은이보다 읽는 이가 더 큰 깨달음과 감동을 얻는 독법인 것이다.

아, 이제 맨 처음 말은 바뀌어야 한다. 책읽기는 마치 완행열차를 타고 고향에 가는 것과 같다고. 오늘의 우리가 가능했던 것은 탯줄을 묻고 떠나온 고향이 있었기 때문이다. 어린 눈으로 볼 적에는 크고 높았던 것들이 어른이 되어 보면 작고 낮기 마련이다. 그럼에도 우리는 고향을 볼품없다 하지 않는다. 그곳에서 우리는 자라났다. 어미의 자궁에서 새로운 생명이 자라나듯, 고향은 우리의 또 다른 자궁이다. 책도 마찬가지다. 우리의 눈을 멀게 할 정도로 위세 당당한 영상매체도 책을 고향 삼고 있다. 책 잘 읽는 이들이 성장해 감독이 되고 배우가 된다. 그들이 만든 영화나 드라마에는 그들이 젖줄을 대었던 책의 흔적이 남아 있다. 이해하고 분석하고 비판하고 상상하는 힘을 키워 주는, 지식의 거대한 뿌리는 바로 책이다. 열매만 바라보는 자는 모르리라. 뿌리가 튼실하지 않고서는 탐스러운 열매를 맺을 수 없다는 사실을 말이다.

모두가 고향으로 가는 날이다. 힘들게, 어렵사리 가는 고향이지만 그곳에 발을 디디면 비로소 자유로워지고 평안해진다. 그곳에 가면 도시에서, 어른의 눈으로는 보이지 않던 것들이 다시 보이기 시작한다. 산속에 다시 호랑이가 등장하고, 화장실에 도깨비가 나타나고, 부엌에 조왕신이 드신다. 그리고 핏줄들이 그리워 조상님들도 하강하신다. 이제, 또 다른 고향에 갈 채비를 서둘러야 한다. 그것이 있어야 비로소 가능한데, 그 가치를 깎아내려 한동안 찾아보지 않았던 곳, 바로 책읽기다. 고향 가는 표를 예매하듯, 이제 궁핍해진 내 삶을 풍요롭게 꾸미기 위해 책이라는 표를 끊자. 그리고 책에 난 길을 따라 주유하듯 떠나 보자. 고향길에 접어들면 우리가 하는 일이 있다. 먼저 큰 숨을 내쉬고, 들판의 돌멩이와 꽃을 탐스럽게 바라보지 않던가. 바로 그 시선으로 글을 읽어 나가자. 경험해 본 이들은 알리라. 그때 벌써 영혼이 충천되고 있는 듯한 기분이 든다는 것을. 고향의 우물물을 한 바가지 마시며 갈증을 씻듯, 책은 이제 경쟁의 세계에 지친 우리에게 시원한 냉수 한 사발 내밀 것이다.

먼 길 떠나는 이들이여, 책읽기가 마치 고향 가는 것과 같은 이치임을 잊지 마시길.

3
천천히 읽는 자에게 복이 있나니!

나는 다른 사람들이 이렇게 읽었으면 좋겠다고 생각하면서 읽는다. 다시 말해 굉장히 천천히 읽는다. 나에게 한 권의 책을 읽는다는 것은 그 저자와 함께 15일 동안 집을 비우는 일이다.—앙드레 지드

책 읽는 일을 직업으로 삼다 보면, 상투적인 질문 공세에 당황하게 되는 경우가 많다. 개인적으로 가장 싫어하는 질문은, 도대체 책이 몇 권이나 있으세요, 라는 것이다. 그 많은 책이 몇 권이나 되는지 일일이 셀 수 없는 노릇이니 이 질문에는 사실상 대답할 수 없다. 그리고 이 질문에는 함정이 있다. 만약 진짜로 책이 일반인의 장서수준을 훨씬 웃돌 정도로 많다면, 셀 수 없이 많아야 하는 것이니, 몇 권이라고 명토를 박는 순간 예상보다 책이 적다는 사실을 실토하는 꼴이 된다. 더욱이 책이 많은 사람은 책 많이 읽는 사람이라는 통념이 있다는 점을 감안한다면, 책 많이 읽기에도 짬이 나질 않는 마당에 서가에 책이 몇 권이나 있는지 알고 있다는 것은, 그만큼 책을 안 읽고 있다는 뜻이기도 하다. 책 읽느라 정신이 없고, 더 이상 집안에 보관할 곳이 없어 책을 여기저기에 흩트려 놓은 나는, 가지고 있는

책이 도대체 몇 권인지 알지 못한다.

명색이 전문가를 당황케 하는 질문으로는, 정독하는 게 좋은지 남독하는 게 좋은지를 묻는 경우를 들 수 있다. 정독을 원칙으로 삼아 왔으나, 왕성한 지식욕 덕에 다양한 분야를 섭렵했으니 말하자면 남독하기도 한 셈이다. 그런데 그 가운데 하나를 골라 무엇이 좋은지 말해 달라고 하니, 어찌 당황스럽지 않겠는가. 따지고 보면, 이런 질문을 하는 사람들은 독서편력이 짧은 편에 속한다. 어떻게 책을 읽어야겠다고 가상한 생각을 품게 되었으나, 너무 늦게 시작하다 보니 답답하고 앞이 깜깜해 모처럼의 기회에 이 같은 질문을 하게 되는 것일 가능성이 높다. 물론, 진지한 자세로 이런 질문을 할 적에 대놓고 곤혹스러워하지는 않는다. 나름대로 성심껏 답하려 애를 쓴다. 그러나 되돌아오는 말은 한결같다. 에이, 그것은 책 많이 읽는 사람들이나 통하는 거구요, 라고 말이다. 곤혹이 허탈로 바뀌는 순간이다.

세번째는 책 많이 읽는 비결이 무엇이냐고 묻는 경우이다. 이때는 묻는 이의 눈동자가 밝게 빛나기까지 한다. 전문가라면, 함부로 밝히지 않는, 그러나 특별한 경우에는 말해 주는 비결이라도 있는 양 짐작한다. 이런 생각은 예전부터 있어 왔지만, 다치바나 다카시(立花隆)의 책이 나온 다음에는 더 기승을 부리는 듯하다. 책이 그토록 많은데, 그것을 두루 읽고 책을 써대는 사람이 바다 건너 있다는데, 너는 어떠냐는 것이다. 나는 이런 질문에는 양보하지 않고 맞서 왔다. 비결은 없다. 즐거운 마음으로 오랫동안 책을 읽다 보면 나름

빛의 속도로 내달리는 사회다. 무엇이든 빠르게 하는 것이 칭송받는 시대다. 책도 빨리 읽어야 한다. 숙제를 하거나 과제를 내야 하는데, 천천히 읽다가는 마감 시한 안에 일을 마치지 못할 수도 있다. 마음이 조급해지고, 책장을 넘기는 손은 재빨라 진다. 그러나, 그렇게 읽고서야 어찌 책의 세계를 흠향했다 할 수 있겠는가.
세상이 빠르게 내달리면, 책이라도 천천히 읽어야 한다. 지배적인 속도에 부러 저항하는 것은, 또 다른 가치를 옹호하고 새로운 세계를 꿈꾸는 데 필수사항이다. 조급하지 말자. 서두르지 말자. 비교하지 말자. 남의 길로 가지 말고 내 길로 가면 천천히 읽을 수 있다. 그래서 천천히 읽는 사람은 자기만의 세계를 구축할 수 있다. 그 세계는 강건하리니, 세상의 모진 풍파에 굳건히 맞설 수 있으리라. 위 그림은 카를 슈피츠베크(Carl Spitzweg)의 「책벌레」(*Der Buecherwurm*).

의 방법이 생겨나게 마련일 뿐이라고 말이다. 그리곤 빨리, 많이 읽는다는 게 어떤 가치가 있는지 모르겠다고 목청을 높인다. 그리고 다치바나는 논픽션 분야의 글을 쓰는 사람이라 그러는 것일 뿐이라고 말했다. 물론, 다치바나는 높이 평가받아 마땅하다. 논픽션 작가가 모두 다치바나처럼 성실을 넘어 집요하기까지 한 것도 아닌 데다, 작가 자신의 교양의 폭과 깊이가 상당히 깊고 넓기 때문이다. 그러나 잊지 말아야 할 것은 그것은 어디까지나 전문가용 독서법일 뿐이라는 점이다. 일반인들이나 청소년이 그렇게 책을 읽어야 할 이유는 없다.

이 정도면, 용하다는 점쟁이라도 찾은 듯했던 초반의 분위기는 반전된다. 실망스러운 표정을 감추지 못하며 자리를 털고 일어나며 혹시나 하는 심정으로 한마디 덧붙인다. 그래, 댁이 터득한 독서법은 무엇이요, 라고. 그럴 때마다 내가 전가의 보도처럼 꺼내는 것이 바로 게으르게 읽기이다. 서두르지 말고, 음미하며 읽어 보라는 것이다. 그리고 기왕이면 같은 주제를 다룬 다른 책을 더불어 읽는 겹쳐 읽기나, 그 작품을 분석한 다양한 이론을 섭렵하는 깊이 읽기의 방식으로 책을 읽어 보라고 권한다(속으로야 이런 내용을 잘 담은 책이 있으니, 그것이 『어느 게으름뱅이의 책읽기』이며, 다치바나 책보다 훨씬 재미있고 가치 있으며, 『각주와 이크의 책읽기』도 그 못지않게 좋은 책이라고 말하고 싶지만, 낯이 두껍지 못한지라 끝내 입 밖으로 뱉어내지 못하고 만다). 본디 중이 제 머리 못 깎는 법, 어딘가 나와 뜻이 같은 사람이 쓴 책이 있으면 선뜻 권할 터인데, 그런 게 없다 싶었는데 바라던 책이 드디어 나왔다. 야마무라 오사무(山村修)가 쓴 『천천히 읽기를 권함』(송태욱 옮김, 샨티, 2003)이 바로 그것이다.

이 책을 읽으며 자존심 상했던 것 하나. 지은이의 직업이 학교, 라고 쓰면 뒷말로 으레 교사이거나, 교수가 따라붙겠지 지레짐작할 터인데, 단지 학교법인의 직원이라는 점이다. 직장인으로서 자기 일에 충실하면서도 평소 성실하게 책을 읽어 온 사람이 나름의 독서법을 세상에 알리기 위해 책을 쓴 것이다. 독서법을 다룬 변변한 책자가 없는 나라에서 살면서 이런 책을 보면 정말 낯이 붉어진다. 책읽기가 특별난 것이 아니라 일상의 한 영역을 차지하고 있는, 지극히 자연스러운 일이라는 사실을 지은이가 웅변하고 있지 않은가. 더욱이 이 책은 다치바나를 필두로 한 '속독·다독파' 들과 대척점에 서 있다는 점에서 지은이의 내공이 얼마나 깊은지 알 수 있다. 일본의 내로라하는 지식인과도 한판 뜰 정도이니 결코 만만한 사람이 아닌 셈이다.

지은이는 "빨리 읽어서 좋은 점은 뭐가 있을까?"라고 묻는다. 이것이야말로 내가 묻고 싶었던 바이다. 빨리 읽으려면 뭐하러 책 읽느냐는 것이 내 지론이다. 그리고 엄밀한 의미에서 빨리 읽는다는 말은 성립할 수 없다. 빨리 하는 것은 읽는 것이 아니라 보는 것일 뿐이다. 그리고 빨리 보는 것은 책 읽는 행위와 전혀 다른 것이다. 빨리라는 부사는 책에는 어울리지 않는다. 영화나 텔레비전, 그리고 인터넷을 수식하면 몰라도 말이다. 지은이는 빨리 읽기야말로 인생의 낭비라고 말하며 이런 독서법은 "매일, 매월 대량으로 책을 읽는 것을 경쟁력으로 삼는 평론가나 서평가에게나 유효한 것"이라며, 한 방 먹인다(나 같은 사람에게 날린 주먹이니, 아이고 아파라!). 언제 기회가 되면 지은이 보고 친구 하자고 싶은 대목이 책에 줄줄이 나온다. 내가 일찍이 보는 것과 읽는 것의 차이를 말했듯, 지은이도 특유의 수사학으로 당장의 결과를 노리는 독서에 대해 정의한다. 필요가 있어 책 읽는 것은 읽는다가 아니라 살펴본다 혹은 참조한다고 말해야 옳다는 것이다.

나는 기본적으로 빨리 읽히는 책은 읽기를 꺼린다. 그런 책은 종이에 활자가 찍혀 있더라도 본래적 의미에서 책이 아니라고 여기기 때문이다. 아니 더 솔직히 말하면, 의도적으로 거부한다기보다 체질적으로 읽어 내지 못한다. 내가 잘 팔린다기에 이를 악물며 도전하지만 끝내 대중소설이나 무협소설을 못 읽는 이유가 여기에 있다. 책장을 축지법 쓰듯 읽을 수 있는 것은 책이 아니다. 책이란, 읽으며 읽는 이 스스로 이해하게 하고 상상하게 하고 반성하게 해야 한다. 그런 역할을 할 때 비로소 책이라고 할 수 있다. 이런 점 때문에, 아니 이런 점이 있기에 이미지 시대에도 책을 읽어야 한다고 말하는 것이다. 남이 다 만들어 준 것을 단지 즐기는 것이 아니라(그러니까 보는 것이 아니라), 수용자가 의미를 재구성해 가는 과정이 주어져 있는(그러니까 읽어야 하는) 매체이기 때문에 책의 가치를 옹호하는 것이다.

오래전 헌책방에서 사 놓고 아직 읽지 않은 에밀 파게(Emile Faguet)의 글(이휘영 옮김, 『독서술』, 서문당, 1997)을 이 책에서 만날

줄은 몰랐다. 더욱이 그의 생각이 나와 일치할 줄도 몰랐다. 이제는 '귀신' 하고도 친구 해야 할 판이다. 에밀 파게가 말했단다.

> 세상에는 천천히 읽을 수 없는, 천천히 하는 독서를 견딜 수 없는 책이 있다는 것인가. 물론 그런 책이 있다. 그러나 그런 책은 바로, 결코 읽어서는 안 되는 책이다. …… 천천히 읽는 것, 이것이 첫번째 원칙이며 모든 독서에 절대적으로 적용되는 것이다.

지은이는 천천히 읽기의 미덕(그 자체로 책을 천천히 읽어야 하는 이유가 된다)을 말한다. 인상적인 것을 두 가지만 소개하면 이렇다. 먼저 나쓰메 소세키(夏目漱石)의 『나는 고양이로소이다』(유유정 옮김, 문학사상사, 1997)를 읽으면서 느낀 점이다. 지은이는 이 작품의 거의 끝부분에 나오는 "무사태평으로 보이는 사람들도 마음속 깊은 곳을 두드려 보면 어딘가 슬픈 소리가 난다"라는 구절에 사로잡혔다. 그런데 이 책을 처음 읽었던 고등학교 시절은 논외로 친다 해도, 지은이는 두번째 읽을 적에도 이 구절에 주목하지 못했다고 한다. 세번째 읽을 때 비로소 이 구절이 "쓸쓸하고 절실한, 그래서 오히려 행복감마저 들게 하는 깊은 마음"을 불러일으켰다. 그럼, 예전에는 왜 이런 감흥을 느끼지 못했을까 자문해 보았더니, 답이 나왔다. "빨리 읽었기 때문이다"(나는 이 책을 천천히 읽고 있던 터라 인용된 구절을 본 순간, 결코 잊을 수 없는 잠언을 발견했노라며 기뻐했다. 아! 이 잘난 척은 언제나 안 하게 되려나).

다른 하나는 통째로 인용하는 것이 나을 터다. 천천히 읽는 이들이야 늘 겪는 경험이지만, 빨리 읽는 자들이야 그 깊은 뜻을 어찌 알 수 있겠는가.

읽는 방식은 중요하다. 글을 쓰는 사람이 전력을 다해, 시간을 들여, 거기에 채워 넣은 풍경이나 울림을 꺼내 보는 것은 바로 잘 익어서 껍질이 팽팽하게 긴장된 포도 한 알을 느긋하게 혀로 느껴 보는 것과 같은 것이다. 바쁜 일상 속에서 천천히 책을 읽는 것은 의외로 어려운 일이다. 그러나 포도의 싱싱한 맛은 먹는 방법 하나에 달려 있다. 마찬가지로 읽는 방법 하나에 책 자체가 달라진다. 즐거움으로 변한다.

세상이 빛의 속도로 내달리고 있다. 이제 힘보다 속도가 숭배되는 시기에 들어섰다. 다행이라면, 거기에 편승하지 않고 느리게 살 권리가 내게 있다는 점이다. 나는 느리게 사는 첫걸음은 천천히 읽기에 있다고 여긴다. 읽기의 영토마저 속도주의자들에게 넘길 생각은 추호도 없다. 천천히 읽어야 분석이 되고, 게으르게 읽어야 상상이 되고, 느긋하게 읽어야 비판할 거리가 보이는 법이다. 책을 천천히 읽는 것은 그 자체가 새로운 세계를 꿈꾸는 것이다. 그래서 지은이는 "살아가는 리듬이 다르면 세계관이 다르고 가치관이 다르다"고 말했을 듯싶다.

4
첨삭으로 알아보는 다치바나식 독서법

한 분야에서 최고의 자리에 오른 사람에게 어떻게 하면 그렇게 될 수 있냐고 물어보면, 대답은 한결같다. 왕도는 없다, 그저 열심히 노력했을 뿐이다, 라는 것이다. 이 말이 자신의 성공법을 남에게 알려주지 않으려는 얕은 '수작'은 결코 아니리라. 이렇게 해서 안 되면 저렇게 해보고, 그렇게 해서 안 되면 이렇게 해본 탓에 딱히 무엇이 정답이라 짚어 말할 수 없어 그랬을 뿐이다. 하지만 때로는 자기만의 비법을 잘 정리해 세상 사람들에게 널리 알리는 이들도 있다. 정말 고수가 아니고서는 해낼 수 없는 일인데, 책읽기 분야에서는 단연 일본의 다큐멘터리 작가 다치바나 다카시를 꼽을 수 있다.

책벌레는 물론이거니와 일반인들에게까지도 큰 영향을 미친 다치바나의 『나는 이런 책을 읽어 왔다』(이언숙 옮김, 청어람미디어, 2001)는, 앞에서 내가 비판한 바 있으나, 역시 좋은 책이다. 경험도 많고 통도 크고 시각도 트여 있다. 각별히, 이 책에는 참고할 만한 독서론이 수두룩하게 실려 있다. 독서법을 일러 주는 국내 저자의 책이 드문 상황에서 다치바나의 글은 가뭄 끝에 만난 단비 같다. 하나, 다치바나는 '황새'다. 너무 보폭이 커, '뱁새'들이 따라 했다가는

가랑이가 찢어지기 마련이다. 그래서 이 자리에서는, 차라리 다치바나의 독서법을 요약하고 그것에 대해 논평하는 식으로 글을 써 보려 한다. 말하자면, 첨삭으로 알아보는 다치바나식 독서법인 셈이다(과연 뱁새가 황새의 걸음걸이에 시비를 걸어도 되는지를 두고 의문을 품지는 말 것. 스타 선수가 반드시 훌륭한 감독이 된다는 보장이 없듯, 별 볼일 없던 선수가 스타 감독이 되지 말라는 법 역시 없다).

◈ 하나의 테마에 대해 책 한 권으로 다 알려고 하지 말고, 반드시 비슷한 관련서를 몇 권이든 찾아 읽어라

내가 일찍이 말한, 겹쳐 읽기 독서법과 같은 내용이다. 모든 책에는 결함이 있다. 그러나 일반 독자가 그것을 알아차리기란 보통 어려운 일이 아니다. 그러므로 같은 주제를 다룬 여러 권의 책을 겹쳐 읽어 볼 일이다. 그러다 보면, 책이 거울이 되어 서로의 단점이 무엇인지 비춰 준다. 비판적 독서능력이 키워지는 것이다. 겹쳐 읽기는 단지 문제점을 파악하는 데 그치지 않는다. 그 주제에 대한 넓고 깊은 지식을 얻는 덤도 얻을 수 있다.

◈ 자신의 수준에 맞지 않는 책은 무리해서 읽지 말라

신문이나 방송에 소개되거나 유명한 이가 권해 준 책을 사서 읽다가 중도에 포기한 경험이 많으리라. 상당히 중요하고 의미 있는 책인 것 같아 접했지만, 20쪽도 넘기지 못해 어렵다며 혀를 내둘렀을 것이다. 초보 독자들이 무리해서 어려운 책을 읽으면 소화불량에 걸리

기 십상이다. 특히 인문서나 과학도서가 그렇다. 그렇다고 마냥 쉬운 책이나 수준에 맞는다고 여겨지는 책만 보아서는 발전이 없다. 문학작품의 경우에는 주제가 마음에 들거나 관심사를 다루고 있는 경우, 실패를 두려워하지 말고, 어렵더라도 한번 도전해 볼 필요가 있다. 고통스럽고 힘들겠지만, 만약 독파를 해낸다면, 독서능력이 크게 향상된다. 물론, 책을 읽다가 집어던질 줄도 알아야 한다. 지은이가 속된말로, '개소리'를 한다고 생각하면, 그것을 끝까지 읽어야 할 이유는 없다. 세상에 책은 넘쳐 나고, 그만큼 함량미달의 책도 많다. 반드시, 다 읽어야 한다는 의무감 때문에 자신을 괴롭힐 필요는 없다. 그럴 짬이 있으면, 잠이나 자는 게 낫다.

◈ 속독법을 몸에 익혀라

결코 권하고 싶지 않은 독서법이다. 너무 빨리 읽으면, 내용이 신속하게 '휘발'되게 마련이다. 천천히 깊이 생각하며 읽어야 오랫동안 기억에 남는 법이다. 나중에 나이 들면 알겠지만, 책을 읽고 그 내용을 기억하는 게 얼마나 어려운지 모를 일이다. 마치 잊어버리려고 읽는 것 같다는 착각이 들 정도다. 단지 기억 때문에 그런 것은 아니다. 천천히 읽는다는 것은, 그 내용을 음미하고, 그 내용이 환기하는 추억을 곱씹어 보며, 지은이의 생각을 비판해 볼 수 있는 시간적 여유를 확보한다는 뜻이기도 하다. 나는 너무 빨리 읽히는 책은 좋은 책이 아니라고 여긴다. 그것은 영화 같은 책, 드라마 같은 책, 인터넷 같은 책이다. 그런 책으로는 분석력, 비판력, 상상력을 키울 수 없는 법이다(그런 책을 읽느니 차라리 영화나 드라마를 보거나 인터넷을 즐기는 게 낫다). 느리게, 천천히 읽도록 이끌며, 생각하고 꿈꾸게 하는 책이 정말 좋은 책이다.

◈ 책 읽는 도중에 메모하지 말라

지극히 다치바나다운 독서법이다. 책을 빨리 읽으려면 아무 짓도 하지 말고, 눈알을 빨리 돌리며 책을 읽어야 한다는 뜻이다. 메모를 하겠다고 결심할 정도면, 먼저 인상 깊은 구절에 밑줄을 그었을 터. 그리고 머릿속에 떠오른 감상을 곱씹어 보고 나서 글을 끄적였을 것이다. 한 권 읽는 동안 이렇게 소비한 시간을 절약하면, 다섯 권을 읽을 수 있을 정도라는 게 다치바나의 생각이다. 나는 다치바나에게 많은 부분 동의하지만, 속독법과 관련해서는 전혀 생각이 다르다. 이런 독서법은 지극히 실용적인 목적을 띠고 있다. 빨리, 많이 읽어야 하는 사람들의 독서법일 뿐이다. 다치바나가 빼어난 다큐멘터리 작가라는 점을 잊지 말자. 먹고살기 위해 그랬을 거라는 말이다. 작가가 아닌 마당에 책을 목숨 걸고 빨리 읽어야 할 이유가 어디 있겠는가. 다른 사람에게 책을 빌려 주기 민망할 정도로 밑줄 긋고 메모하라. 책을 다 읽고 나서 그냥 덮어 버리지 말고, 밑줄 그은 대목과 자신이 쓴 메모를 감상하라. 그때 비로소 책을 제대로 이해하게 될 것이다.

◈ 주석을 빠뜨리지 말고 읽어라

지당하신 말씀! 나는 주석을 그 책의 주춧돌이라고 생각한다. 자신

인간의 지적 욕망은 끝없다. 그 모든 것을 알아내고 이를 글로 적으려 했으니 말이다. 당초 이성에 대한 믿음이 없다면 백과사전은 불가능했을 터다. 언어로 진리를 포획하려는 놀라운 기획. 그러나 잊지 말 것. 좋은 백과사전은 끊임없이 개정판이 나온다는 사실을. 항목을 설명한 내용도 바뀌고, 있던 항목을 지우거나 새로운 항목을 덧붙이기도 한다.

인간의 지적 결과물에는 한계가 있다. 무조건 믿고 따른다는 것은 있을 수 없다. 만약 있다면, 그것은 한낱 아류에 불과할 뿐. 의심하고 찾아보고 대조해 보고 달리 생각해 보아야 한다. 어미의 자궁 속에서 자라나나, 결국은 박차고 나오는 게 생명의 순리다. 조사를 만나면 조사를 죽이고 부처를 만나면 부처를 죽여야 하는 법이다.

위 그림은 18세기 계몽주의 시대에 출간된 백과사전.

이 참고한 다른 사람의 생각을 바탕으로 독창적인 사고의 집을 지었기 때문이다. 그래서 나는 주석을 책 뒤에 달아 놓은 책을 상당히 싫어한다. 책에 대한 예의가 없는 짓이라 여기는 것이다. 더욱이 주석이 뒤에 있으면 찾아보기도 어렵다. 가독성을 높인다는 미명 아래 주석을 뒤로 돌리지 마라! 흥분을 삭이고 한마디 더. 다치바나의 말대로 "주석에는 때때로 본문 이상의 정보가 실려 있기도 하다".

◈ 책을 읽을 때는 끊임없이 의심하라

밑줄 쫙 그어 놓아야 할 대목이다. 책이라는 것은 신성한 그 무엇이 아니다. 다양한 한계를 가진 한 인간이 세상에 내놓은 정신적 산물일 뿐이다. 경외감을 품고 찬양할 대상이 아니라는 말이다. 만약 경외의 대상이라면, 우리는 책을 읽어야 하는 것이 아니라 외워야 한다. 우리가 언제 책을 외우기 위해 읽었던가. 책을 읽는 이유는 저자의 생각을 비판 없이 무작정 받아들이기 위해서가 아니다. 책은, 내 사유의 키를 높이기 위해 밟고 올라서야 할 디딤돌일 뿐이다. 의심하라, 비판하라, 꿈꿔라! 그리하면 새로운 세계가 펼쳐지리라.

◈ 번역서를 읽다가 이해가 잘 되지 않는 부분이 있으면 머리가 나쁘다고 자책하지 말고 우선 오역이 아닌지 의심해 보라

책벌레들은 다 아는 얘기. 번역서 읽다 보면 화날 때가 있다. 거듭 읽어 보아도 도대체 무슨 뜻인지 모르는 문장이 튀어나오기 때문이다. 처음에는 자책하게 마련이다. 내가 부족해서, 내가 못났다고 생

각하는 것이다. 그러나 자학하지는 마시길! 알고 보면, 그런 대목은 대체로 번역자도 무슨 뜻인지 잘 몰라 얼렁뚱땅 넘어간 경우가 많다. 번역자도 모르고 편집자도 모르니, 독자가 알 턱이 있겠는가. 정 믿기지 않으면, 나중에 강대진의 『잔혹한 책읽기』(작은이야기, 2004)를 읽어 볼 것. 알고 보면, 내로라하는 번역자들도 어처구니없는 실수를 저지르고 있다.

◈ 젊은 시절에 다른 것은 몰라도 책 읽을 시간만은 꼭 만들어라

다른 것은 몰라도, 제발 이 '계명' 만큼은 이 땅의 청소년들이 가슴 깊이 새겨 두길. 도대체 젊은 시절이 아니라면, 언제 책을 실컷 읽어 볼 것인가. 영어 학습서 들고 학원이나 다니면 다냐? 생각하는 사람이 되어야 하는 법. 서울에 있는 대학 가기도 어려운데 한가한 소리 하지 말라고? 그러면 원서로라도 읽으면 될 것 아니겠는가. 남의 나라말 배워 언제 써먹으려 하는가. 유행처럼 번지는 영어동화 읽기에 도전해 보라는 뜻이다. 각설하고, 인생에서 가장 화려한 시절을 낭비하지 말고 교양과 지식 쌓는 데 힘 기울이기를. 인생 살 만큼 산 다치바나의 말대로 "20, 30대의 지식은 앞으로의 인생을 살아가는 데 결정적인 역할"을 할 것이다. 훗날, 지금 알고 있는 것을 그때 알았더라면, 하고 한탄해 보아야 때는 늦으리!

5
읽고 토론하기의 힘

조한혜정 교수가 도쿄 대학의 우에노 치즈코 교수와 함께 쓴 『경계에서 말한다』(김찬호·사사키 노리코 옮김, 생각의나무, 2004)에는 원숭이에 관한 재미있는 일화가 소개되어 있다. 한 호기심 많은 소년 원숭이가 우연한 기회에 고구마를 바닷물에 씻어 먹으면 맛있다는 사실을 발견했다. 원숭이 사회에 이 사실이 알려지게 되자 같은 또래의 원숭이들이 곧바로 따라 했다. 씻기만 하면 맛있어진다는데 이를 마다할 이유가 없었다. 이어서 엄마 원숭이와 여자친구 격에 해당하는 원숭이들도 따라 했다. 이 일화가 눈길을 끄는 이유는, 원숭이들의 탁월한 학습능력에 있는 것이 아니라, 공동체에서 가장 늦게까지 새로운 정보를 거부했던 원숭이가 누구인가에 있다. 앞에 거론된 원숭이들을 빼고 나면 답을 짐작할 수 있는데, "가장 오랫동안 모른 척했던 원숭이는 나이 든 수컷 원숭이들"이었다.

조한혜정 교수가 이 일화를 인용한 것은 농담조로 남성들을 비판하기 위해서다. 그러나 나는 이 일화를 다른 의미로 읽었다. 한 사회에서 가장 완고하게 자신의 세계관을 고집하는 무리는, 그것이 지식이든, 자본이든, 권력이든, 그리고 여자이든, 남자이든, 이른바

'가진 자' 들임을 뜻한다고 본 것이다. 이들이야말로 '나이 든 수컷 원숭이' 에 불과할 뿐이다. 이미 얻은 것으로 만족하는 삶에 변화는 귀찮은 데다 위험하기까지 하다. 더도 말고 덜도 말고 지금 이대로가 가장 만족스럽게 마련이다. 이즈음 우리 사회가 겪고 있는 소모적인 대립과 갈등의 원인도 여기서 찾을 수 있을 법하다. 얻은 것을 내놓지 않으려고 안달을 부리는 것이며, 변화 자체를 두려워하는 소심증의 발로인 것이다. 하지만 디지털 혁명을 거치면서 세계는 엄청난 속도로 변화하고 있다. '기득' 을 유지하기 위해서라도 변화하지 않으면 안 되는 시대다. 더욱이 새로운 지식이 부가가치를 남기는 시대에 과거라는 고치에 웅크리고 있는 삶은 마침내 나비로 부화하지 못하고 번데기에서 삶을 마감해야 하는 불행을 가져올 뿐이다. 물론, 변화가 유행이나 새것을 뒤쫓는 일을 가리키는 것은 아니다. 그 변화는 근원에 대한 천착과 그것에서 비롯한 패러다임의 혁명을 예측하는 일을 말하며, 새로운 세상에 대한 놀라운 적응력을 가리키는 것이다. 줄여 말하자면, 한 시대의 진리를 찾아내는 일이 된다.

변화가 요구되는 시대를 맞이하여, 그렇다면 어떻게 해야 변화할 수 있는가는 상당히 중요한 문제이다. 변화를 꿈꾸지만, 그래서 새로운 시대를 이끌어 가는 맨 앞자리에 서고 싶어 하지만, 변화의 실마리를 어디서 찾아야 하는지 대다수는 모르고 있다. 더욱이 우리 사회는 일상의 민주화를 위해 변화가 강력히 요구되고 있음에도 과거에 안주하려는 성향을 보이는 기득권 세력의 저항이 목격되고 있다. 우리 시대의 화두는 성장을 위한 변화에 있다. 도대체 무엇이 변화를 이끄는 힘이 될까. 서둘러 결론부터 말하면, 대화와 토론이라는 '폭약'이 기득권에 안주하려는 사유의 '방조제'에 균열을 만들어 내고, 그 틈으로 다른 사유방식이 유입되어 변화의 물꼬를 트게 되리라, 는 것이다. 그 섞임이 일견 혼란과 비순수로 보일 수 있으나, 그 과정을 거침으로 비로소 변화의 실마리를 찾을 수 있다는 것이다. 내가 토론을 표나게 강조하는 '한 도시 한 책읽기' 운동을 주목하는 이유가 여기에 있다. 우리 사회는 변화가 요구되는데, 한 권의 책을 읽고 토론하는 것이 놀랍게도 참여자의 변화를 가져온다면, 이는 상당한 의미가 있다고 평가할 수밖에 없다. 그렇다면, 정말 토론이 변화를 불러일으킬 수 있을까. 다음의 두 가지 사례는 토론의 힘을 입증하는 중요한 논리적 근거가 될 만하다.

힐러리는 자서전 『살아있는 역사』(김석희 옮김, 웅진지식하우스, 2003)에서 자신의 청소년 시절을 되돌아보며 다원주의와 상호존중, 그리고 상호이해를 익히게 된 계기를 자세히 밝혀 놓았다. 힐러리는 자수성가한 백인을 아버지로 둔 자녀답게 강력한 공화당 지지자였다. 힐러리가 고등학생이던 1964년에는 대통령 선거가 있었는데, 공화당 대통령 후보인 골드워터(Barry Morris Goldwater)가 시카고 교외로 선거유세를 오자 아버지에게 데려가 달라고 졸랐을 정도였다. 정치교과를 가르쳤던 제럴드 베이커 선생이 이런 말을 들었던 모양이다. 수업시간에 대통령 후보 모의 토론회를 열기로 한 것이다. 그런데 베이커 선생은 심술궂은 장난을 쳤다. 학교에서 공화당 지지자로 호가 난 힐러리에게는 존슨 대통령 역할을 맡기고, 그 반에서 유일하게 민주당 지지자였던 엘렌에게는 골드워터 역을 하라고 한 것이다. 이 황당한 상황에 힐러리와 친구는 모욕감을 느끼고 교사에게 항의했다. 그러나 베이커 선생은 "역할을 바꾸면 상대방의 관점에서 문제를 볼 수밖에 없고 그러면 많은 것을 새롭게 깨닫게 될" 거라며 설득했다.

비록 힐러리가 교사의 지시를 따르기는 했지만, 그래서 도서관에서 민주당 강령과 백악관 성명서 따위를 찾아보고, 민권과 의료보험, 빈곤문제와 외교정책에 대한 민주당과 존슨 대통령의 견해를 검토해 보았지만, 거기에 투자하는 시간이 아까워 분통이 터질 지경이었다고 회고한다. 그러나 시간이 지나면서 힐러리는 자신의 변화를 느끼기 시작했다. "나는 단순한 연극적 열정이 아니라 진정한 열정으로 민주당의 입장을 지지하고 있음을 깨달았다"는 것이다. 이때의 경험이 없었다면 힐러리가 민주당 출신의 클린턴 대통령의 부인이 될 리 없었을 터이고, 오늘에는 민주당에 당적을 둔 뉴욕 상원의원이 될 리 없었을 것이다. 그렇다면, 그 시절에 힐러리만 변화했을까. 카운터 파트너로 지목되었던 엘렌에게도 똑같은 일이 일어났다. 그녀는 민주당 지지자에서 공화당 지지자로 변신했다. 놀랍게도 힐러리와 그녀의 친구는, 토론이라는 용광로를 거치기도 전에, 단지 토론을 준비하는 과정에서 정치적 입장의 변화를 겪게 되었던 것이다.

그 좋다는 검사 자리를 박차고 법학을 공부하기 위해 코넬대 법대에 유학한 적이 있는 김두식은 『헌법의 풍경』(교양인, 2004)에서 '소크라테스식 강의'를 소개했다. 이 강의는 "미리 정답을 설정하지 않고 교수와 학생 사이에 오가는 대화와 토론을 통해 학생들의 논리적 사고를 증진시키는 것"이라고 정의할 수 있는데, 단연 스티븐 쉬프린 교수가 이 분야에서 탁월한 솜씨를 자랑했던 모양이다. 질문을 받은 학생이 진보적인 입장에서 서면 "노련한 싸움꾼"인 쉬프린 교수는 보수적인 관점에서 그 의견을 반박했다. 반대로 보수적인 입장에서 학생이 답변을 하면 "눈 하나 깜짝하지 않고" 진보파로 몸을 바꿔 학생을 괴롭혔다. 짐작할 수 있듯 학생들은 교수를 이겨 보기 위해 안간힘을 썼다. 말도 안 되는 논리를 펼쳐 보이기도 했으나, 싸움의 끝은 뻔했다. 논쟁에서 승리하는 이는 늘 쉬프린 교수였다. 여기에 자극받은 학생들이 다음 시간을 벼르며 자발적으로 공부했으리라는 것은 쉽게 예측할 수 있다. 학기가 끝날 즈음에는 교수의 뒤통수를 치는 '고수'가 하나 둘 나타났다. 그런데 이보다 더 중요한 것이 있다. 학기 말이 되면 진보적이었던 학생이 입장을 바꿔 보수적인 사고를 갖게 되거나 꼭 그 반대의 현상도 왕왕 일어났다. '귀순자'나 '개종자'가 속출했던 것이다. 주장만 있지 논리적 근거가 희박했다는 사실을 알고 더 깊고 넓게 공부하다 보니 마침내 변화하게 되었던 것이다. 토론의 힘을 느끼게 하는 적절한 사례이다.

토론을 통해 '사상적 전회'를 겪는 이야기는 상당히 흥미롭다. 그러나 이 자리가 예배당의 간증 시간이 아닌 마당에야 변화의 실례에 만족하지 않고 왜 이런 일이 벌어지는지 톺아볼 필요가 있을 터이다.

그동안 우리는, 답은 오로지 하나라고만 강요해 왔다. 이미 배

열린 사회는 해석의 다양성을 인정한다. 거꾸로, 닫힌 사회는 해석을 독점하려 든다. 한 권의 책은 다양한 해석의 가능성을 품고 있다. 읽는 이의 처지가 다양하기 때문에 가능한 일이다. 그렇다고 해석의 다양성에만 방점을 찍어서는 안 된다. 여론의 장에서 누구의 해석이 더 타당한지 경쟁하고, 그 과정에서 설득력 높은 것으로 인정받은 해석이 가치 있게 받아들여져야 한다. 책을 읽고 여럿이 토론하는 것은 다른 무엇보다 문화 차원에서 민주주의를 실현하는 행동이다. 서로 다른 가치를 인정하고 더 나은 해석이 무엇인지 함께 고민하기 때문이다.

해석을 독점하고 다른 생각을 불온시한 시대에는 늘 분서(焚書)가 저질러졌다. 진시황이 그러했고 위의 사진에서 보듯 히틀러가 그러했다. 독서토론은 그런 불행을 막는 작은 몸짓이다.

운 사람과 권력과 자본을 장악한 사람들이 서로 합의해 반드시 다음 세대가 알아야 할 내용을 정했다. 이를 학교라는 제도를 통해 익히게 해온 것이니, 이때 가장 중요한 미덕으로 손꼽힌 것이 이해와 암기였다. 그러나 시대는 변했다. 경제성장은 정치적·사회적·문화적 민주화를 가져왔다. 지식은 늘 새롭게 생성되고 있고 권력은 시민들의 감시 대상이 되었으며 경제적 부는 나누어져야 한다고 요구되고 있다. 이런 상황에서 가치의 다원화는 당연한 결과이다. 계몽의 유효기간이 끝나면서 단 하나의 답이 있다고 말할 수 없는 시대가 온 것이다. 오로지 유일한 답은 없으며 사회 구성원 간에 합의해 가며 찾아야 할 답이 있을 뿐이다.

김두식은 『헌법의 풍경』에서 "더 이상 모두가 동의할 수 있는 절대적 정의의 기준은 존재하지 않는"다고 말한다. 이는 우리가 "정의가 없다고 말할 수는 없지만 무엇이 정의인지를 알 수 없는" 시대를 살고 있다는 것을 뜻한다. 이는 달리 표현하면, 진리를 한 손에 거머쥔 누군가가 북극성처럼 하늘의 한가운데 떠 있고, 그 진리를 모르는 뭇별들이 원을 그리며 북극성을 향해 무릎을 꿇어야 하는 시대는 지났다는 말이다. 그렇다면, 김두식의 말대로 진실은 처음부터 존재하는 것이 아니라 "절차에 참여하는 주체들이 만들어 나가는 것"일 수밖에 없다. 그 절차가 대화와 토론이라는 것을 새삼 강조할 필요는 없으리라.

대화와 토론은, 힐러리가 학교에서 배웠다는 다원주의와 상호존중, 그리고 상호이해에 이르는 과정이다. 이 과정에서는 지식의 계몽이 아니라 지식의 삼투 현상이 일어난다. 나만 옳다고 고집을 피우는 것이 아니라, 상대방의 의견에도 일리가 있으며, 논리적 근거를 통해 서로의 의견을 수정하는 일이 자연스럽게 펼쳐진다. 더불어, 대화와 토론은 애초부터 부정할 수 없는 정답이 있는 것이 아니라, 서로 다른 생각을 하는 사람들이 백가쟁명의 과정을 거쳐 답을 '구성' 해 나가는 과정이다. 김두식의 다음과 같은 말도 이런 주장을 뒷받침해 준다.

> 내가 잠정적으로 정답이라고, 정의라고 생각하는 것은 존재하지만, 그것은 상대방과 대화를 하면서 언제든지 수정 가능한 것이어야 합니다. 상대방과 나누는 대화에 의해 내가 가진 정보의 양이 늘어나다 보면 분명히 어느 지점에선가 내 생각을 바꿔야 하는 순간이 찾아옵니다. '대화' 란 다른 사람의 생각을 받아들임으로써 내 생각을 발전시켜 나가는 재미있는 작업입니다.

책을 읽기만 하면 된다고 생각하면 안 된다. 함께 읽고 토론하는 과정을 거칠 때 비로소 그 책에 담긴 내용이 비판적이고 창조적으로 수용된다. 주변을 둘러보라. 책을 읽고 함께 이야기 나누자는 모임이 많을 것이다. 우물쭈물 망설이지 말고, 들어가 함께 토론문화를 즐겨 보라! 장담하건대, 한 권의 책을 읽고 함께 토론함으로써, 그곳이 어디든 그곳은 변화를 경험하는 '교회' 가 되며, 민주적 가치를 경험하는 '학교' 가 될 터이다.

6
왕도는 없으나 방법은 있다!

책벌레로 소문나다 보니, 주변에서 어떻게 하면 좋은 책을 골라낼 수 있는지, 책을 잘 읽는 방법은 무엇인지 묻는 경우가 많다. 그럴 적마다 상투적이긴 하지만, "왕도는 없는 법"이라 대답하게 되는데, 묻는 이들은 대부분 실망한 표정을 짓는다. 무언가 대단한 비책을 숨기고 있는 것은 아닌가 하는 의문과, 소문만큼 대단한 사람은 아닌 모양이라 판단하기도 하는 듯싶다. 하나, 그 분야에서 최고라고 하는 사람들에게 물어보라. 도대체 어떻게 하면, 그렇게 되느냐고. 아마도 대부분, 왕도는 없고 즐겁게 꾸준히 하다 보니 이 경지에 이르렀다 하리라.

다른 무엇보다 책읽기야말로 왕도가 없다. 사회가 발전하고 분화하다 보니 관심사도 다양해졌다. 전문가가 읽었다는 책이 반드시 도움될 리 없다. 제도교육에서는 독서교육이 제대로 뿌리내리지 못했다. 그러다 보니 책 읽는 수준이 천차만별이다. 전문가가 아무리 감동 깊고 의미 있는 책이라 해도 어려워 못 읽는다면 아무 소용없는 일이다. 이러저러한 방법으로 책을 정확하게 빨리 읽고 있다 해도 그 방법을 곧바로 따라 할 수 없다. 교양의 높이가 같을 때 비로소 가능해서 그렇다. 그러니, 반복하거니와 왕도는 없다.

그렇다고 참고할 만한 도움말을 전혀 할 수 없다는 뜻은 아니다. 책벌레가 되는 과정에서 겪은 여러 경험들을 종합하면 얼추 그려지는 게 있다. 그러나 어디까지나 밑그림 정도일 뿐이지, 누구에게나 통용되는 '만병통치약'은 아니다. 재미 삼아 읽어 보고, 창조적으로 활용하다 자기만의 방법을 찾아야 한다는 말이다.

좋은 책을 고르는 방법이 있다. 책을 읽어 보면 안다. 잠깐, 성내지 마시길. 누구나 아는 이야기를 늘어놓으려는 바는 아니다. 책을 다 읽고 나서 좋은지 나쁜지 결정하려면 너무 많은 시간이 든다. 시간을 절약하면서 좋은 책을 고르는 방법이 있다. 먼저, 책의 표지에 실려 있는 글귀와 작가 소개란을 읽어 보면 된다. 물론, 광고성 문구들이 가득 들어차 있어 눈부시겠지만, 잘 읽어 보면 책의 주제와 강조점이 요령껏 정리되어 있음을 알게 된다. 지금 나에게 필요한 책인지 눈치 채는 데는 도움이 된다. 아직 판단이 서지 않으면, 목차를 볼 것. 그 두꺼운 책의 내용을 요약한다 해보자. 줄이고 줄이면 무엇이 남을까? 그 책의 골격인 목차만 남는다. 책에 목차가 있는 걸 요식행위로 보지 마라. 차분히 읽어 보면 책 전체의 내용이 머릿속에 그려지니, 읽을지 말지 결정하는 데 도움이 된다.

이 정도 시간을 들였는데도 아직 판단이 서지 않는다면, 서문을 보면 된다. 물론, 서문 가운데는 감사패를 늘어놓은 듯한 책도 많다. 그런 책은 안 보면 된다. 서문이란 본디 책을 쓰게 된 동기, 책에서 문제 삼고자 한 주제의식, 그것을 풀어 나가기 위해 부여잡았던 고민거리들을 함축적으로 풀어놓는 마당이다. 그러니, 읽어 보면 대략 무슨 내용인지 짐작하게 된다. 그러니, 읽어 볼 만한 책인지 아닌지 결정하는 데 큰 도움이 되게 마련이다. 더욱이 중요한 사실이 하나 있다. 서문은 책으로 들어가는 출입구다. 그런데 서문이 제대로 쓰이지 않았다면, 속된 말로 볼 장 다본 셈이다. 문제의식이 없거나, 주제의식이 애매하거나, 문장이 인상적이지 않다면 그 책은 돈 들이고 시간 들여 읽어 볼 가치가 없다는 뜻이다.

스스로 책을 골라내는 것만큼 좋은 것은 없다. 이런 능동성이 쌓이다 보면 전문가 수준에 이르기도 한다. 그렇다고 마냥 혼자 해낼 수만은 없다. 특히 평소 책을 멀리 하던 사람들에게는 어려운 일이기도 하다. 그래서 인적 자원을 활용하는 방법이 있다. 평소 주변에 책 많이 읽는 친구를 사귀어 두어야 한다. 그 책을 썼거나 만들었거나 파는 사람이 아닌데도, 자발적으로 그 책이 좋다고 떠벌리는 사람의 말은 믿을 만하다. 더욱이 비슷한 연령으로 관심사도 같았다면 수준에도 맞을 가능성이 높다. 우리 주변에 술친구는 얼마나 많던가. 그렇다면 한번 눈길을 돌려 보라. 주변에 책을 좋아하는 이가 있어 늘 좋은 책을 공짜로 소개받은 적이 있던가. 세상 살아가면서 많은 친구가 필요하지만 책 많이 읽는 이를 가까이 두는 것도 큰 복이다.

신문 북섹션도 큰 도움이 된다. 훈련받은 기자들은 책의 내용을 요령껏 줄여 말하는 데 능하다. 더욱이 그들의 촉수는 시대적 관심사에 맞닿아 있다. 책 많이 읽는 사람들에게 리처드 도킨스는 무신

나는 깔끔하게 정리된 서가보다 책이 넘쳐나 바닥에도 책을 마구 쌓아 놓은 서가를 더 좋아한다. 얼핏 보면 무질서하지만, 거기에는 서가의 주인이 정한 질서가 있게 마련이다. 남은 알지 못하지만 자기만 아는 세계. 책을 즐겨 읽는 사람만이 누리는 복이다. 폐교가 생기는 모양이다. 오래전부터 그런 곳을 도서관이나 헌책방으로 만들고, 다양한 문화행사를 열었으면 싶었다. 근데, 먼저 실천한 이가 있는 모양이다. 사진은 폐교를 헌책방으로 바꾼 충청북도 단양의 새한서점. 바닥에 쌓아 놓은 책이 없었더라면 나는 이 책방을 싫어했으리라.

론자로 유명하다. 그가 『만들어진 신』(이한음 옮김, 김영사, 2007)을 쓴 것은 일견 당연하다. 그러니까 지금 당장 읽을 필요가 있는 것은 아니다. 그러나 기자들은 다르다. 종교 충돌의 시대에 유명한 과학 저술가가 무신론을 공격적으로 말했다는 것은 그 가치가 다르다. 더욱이 선교활동을 나간 이들이 탈레반에 납치된 이후 한국 기독교의 공격적 선교에 대한 국민여론이 악화되었다. 때마침 나온 『만들어진 신』은 그런 측면에서 시사성을 띠게 된다. 책을 너무 시류에 맞춰 읽는 것이 적절한 것만은 아니다. 그러나, 그렇게 읽는 것이 나쁘기만 한 방법이냐면, 결코 그렇지는 않다.

인터넷 시대를 맞이해 활성화한 '서평 블로거'도 활용할 만하다. 한 인터넷 서점의 블로그에는 47만 개의 서평이 올라와 있고, 읽고 있는 책이나 권할 만한 책 정보가 15만 개나 등록돼 있다 한다. 서평 블로거는 연령별로는 30대가, 성별로는 여성들이 활발히 활동하는 것으로 조사되었는데, 이는 어린이, 실용서, 소설 분야에서 믿을 만한 서평들이 많다는 뜻으로 받아들이면 된다. 일반대중들이 자신의 눈높이에 맞는 책을 추려 내고, 이에 대한 감상문을 실어 놓았다는 점에서 책 고르는 데 도움이 된다.

먹을거리를 보기만 해서는 영양에 도움이 안 된다. 먹어야 하는 법이다. 좋은 책을 골라냈다면, 잘 읽어야 한다. 책읽기에도 섭생법이 있다. 실용서를 처음부터 끝까지 다 볼 필요는 없다. 더욱이 같은 주제를 다룬 책을 몇 권 읽었다면 새로운 것만 골라 읽으면 된다. 중복되는 게 많은 탓이다. 대체로 서문과 결론만 봐도 무슨 내용인지 안다. 소설을 실용서처럼 읽어서는 안 된다. 꼼꼼하게 감정이입하며 읽어야 한다. 각별히 문학은 이른바 전작주의 독서법을 권할 만하다. 한 작가의 작품을 다 읽어 보는 것이다. 그때 비로소 작가의 독자적인 세계관과 오롯이 만날 수 있다. 인문서는 같은 주제를 다룬 서로 다른 경향의 책을 함께 읽어 보는 것이 좋다. 특정한 입장만 강조하는 책을 읽어서는 균형 잡힌 시선을 확보하기 힘든 까닭이다. 권정관의 『지식의 충돌, 책 vs 책』(개마고원, 2007)을 보면 도움을 받을 수 있다.

웰빙의 시대다. 너도나도 몸에 좋은 먹을거리를 얻기 위해 돈과 시간을 아끼지 않는다. 그렇다면 우리의 정신에도 최소한 그만큼의 노력은 기울여야 하지 않겠는가. 왕도는 없지만, 방법은 있다. 꾸준히 책을 읽어 나가며 방법을 바꾸다 보면 자신에게 딱 맞는 것을 찾아내게 된다. 그때, 당신도 전문성을 얻게 된다. 책벌레가 자라 도서 평론가가 되는 법이다.

7
깊이 읽으면 길이 보인다

문제는 방법이다. 그것을 알면, 책읽기에 새로운 지평이 열린다. 문제는 그 방법을 잘 모른다는 것이다. 왜 그러냐 하면, 평소 책을 읽지 않아서 그렇다. 모든 것이 그렇듯, 꼬일 대로 꼬인 것인데, 대체로 첫 단추를 잘못 끼워 일어난 일이다. 그러니, 다시 원점으로 돌아와서 더 중요하고 가치 있는 것이 무엇인지 살펴보아야 한다. 그러할진대, 거듭 말하거니와, 방법을 알면 상당히 많은 문제가 해결된다.

최근 들어 책 읽는 방법을 주제로 다룬 책들이 많이 나오는 것은 상당히 반가운 일이다. 그 사람이 무엇을 계기로 그러한 방법으로 책을 읽기 시작했는지, 그리고 그것이 어떤 효과를 거두었는지 알아 둔다면 여러모로 도움이 된다. 단지 조심해야 할 것은, 어떤 사람이 말한 것을 너무 신줏단지 모시듯 하지는 말라는 것이다. 대체로 만병통치약이라 선전하는 것들이 약효 없듯, 모든 사람에게 두루 통하는 독서법이란 없다. 읽거나 들은 방법 가운데 설득력 높은 것을 골라내 직접 실천해 보면서 자신에게 맞는 독서법을 찾아내야 한다. 그러니까 책을 즐겨 읽는 사람이라면, 누구나 다 독서법을 하나

씩은 가지고 있는 셈이다.

많은 사람들이 좋은 책은 무엇이고, 어떻게 해야 책을 가까이 할 수 있냐고 묻는다. 나는 그럴 때 즉답을 피한다. 한마디로 정의하기 너무 어려운 데다, 답변해 봐야 큰 도움이 되지 않아서다. 비유하자면 이렇다. 의사들이 환자를 직접 진찰해 보지 않고 처방을 내릴 수는 없다. 환자마다 징후가 다른 데다 그 환자에게 걸맞은 치료법이 따로 있을 수 있기 때문이다. 책읽기에 대한 도움말도 마찬가지다. 두루 통하는 그 무엇이 있어 누구에게나 말해 줄 수 있는 것은 없다. 사람마다 다른 독서력(力/歷)과 선호도, 그리고 책 읽는 목적을 알아야 비로소 답변해 줄 수 있는 법이다. 그래서 나는 그런 상황에 부딪힐 적마다, 질문의 의도와 달리, 책 읽는 방법을 말해 준다. 독서법, 그것은 마치 그물과 같다. 그물이 고기는 아니다. 그러나 이것이 있으면 고기를 낚을 수 있다. 그러니까 그물을 건네 주는 것이다. 이 그물을 가지고 저 책의 바다로 나아가라. 그리고 던져라! 그리하면 원하는 교양과 지식을 건져 올릴 수 있으리라.

책 읽는 방법 가운데 기본에 해당하는 것이 '깊이 읽기' 다. 어떤 계기가 되었든 한 권의 책을 감명 있게 읽었다 치자. 그러고 나면 이름하여 '독서의 후폭풍' 이라 할 만한 일이 벌어진다. 그 책에 그치지 않고, 그 책을 쓴 지은이의 책을 더 읽고 싶어 하는 경우가 일어나거나, 같은 주제를 다룬 다른 책을 읽고 싶어지는 것이다. 한 권으로 그치지 않고, 관련된 책을 두루 읽으니 정보와 교양, 그리고 지식이 깊어질 수밖에 없다. 그래서 깊이 읽기라 한 것이다. 자고로,

좋은 책이란 그 책을 읽고 났더니 다른 책을 더 읽고 싶어 하는 욕심이 생기게 하는 책이다. 그리하여 책읽기에도 족보가 생긴다. 아브라함이 이삭을 낳고 이삭이 야곱을 낳고 하는 식으로, '가'를 읽고 났더니 '나'가 보고 싶어졌고, 그것을 읽었더니 자연스럽게 '다'라는 책을 읽게 되더라는 것이다.

깊이 읽기 가운데 책벌레들이 가장 선호하는 방식은 한 작가의 작품을 다 읽어 내는 것이다. 조희봉은 『전작주의자의 꿈』(함께읽는책, 2003)에서 이 같은 독서법을 일러 '전작주의'라 이름 붙였는데, "전작주의란, '한 작가의 모든 작품을 통해 일관되게 흐르는 흐름은 물론, 심지어 작가 자신조차 알지 못했던 징후적인 흐름까지 짚어내면서 총체적인 작품세계에 대한 통시/공시적 분석을 통해 그 작가와 그의 작품세계가 당대적으로 어떤 의미가 있는지를 찾아내고 그러한 작가의 세계를 자신의 세계로 온전히 받아들이고자 하는 일정한 시선'을 의미한다."

고등학교 때 선생님이 추천해 주신 이문구의 『관촌수필』(랜덤하우스중앙, 2004)을 읽은 적이 있다고 쳐보자. 자꾸 읽어야 한다고 하는 데다 수능이나 논술에 도움이 된다 해서 읽었으니 제대로 읽었을 리 없다. 더욱이 지뢰처럼 문장 곳곳에 파묻혀 있는 토박이말에다 능청스런 충청도 어감에 적응하지 못해 힘겹게 읽었을 터다. 나중에는 무슨 내용인지는 고사하고 뭔 말인지 국어사전 찾느라 정신없어지기까지 했으리라. 그러다 대학에 들어와 우연히 『관촌수필』을 다시 읽게 되었다고 쳐보자. 그때는 도통 알 수 없었던 말을 알아

옛사람들이 만든 책을 볼라치면 경탄이 저절로 나온다. 책을 만드는 과정에서 장인의 숨결이 느껴져서다. 하물며 책이라는 껍데기를 만드는 데도 그토록 큰 정성을 기울였으니, 내용을 쓰거나 옮겨 적은 사람들의 정성은 어떠했겠는가. 이에 반해 요즘 책들은 너무 대량으로 생산되고 유통되고 있다. 오늘이라고 해서 어찌 옛것만 한 정성이 없겠냐만은 그래도 어딘가 비어 있는 듯한 느낌이 든다.
만드는 일이 기계화하고 대량화하더라도 읽는 일은 여전히 장인적이어야 하리라. 저자의 숨결을 하나도 놓치지 않고 이해하려는 욕망이 없고서는 책을 잘 읽었다 할 수 없다. 책의 세계에 깊이 자맥질하면 비로소 만나는 값진 것이 있다. 자꾸 깊이 읽어 보라 권유하는 이유가 여기에 있다. 위 사진은 윌리엄 모리스(William Morris)가 디자인한『제프리 초서 작품집』(1896).

듣게 되고, 다루는 주제나 그것을 소화해 내는 방식도 이해하게 되었다. 다 읽고 나니 물밀 듯 밀려오는 감동이 있었다. 역사의 희생양이면서도 이를 이겨 내는 넉넉한 낙관과 해학 따위가 마음에 들었다. 처음 읽을 때는 가독성을 해치던 토박이말은 외려 정겹게 느껴졌다. 이렇게 되면 대뜸, 이런 생각이 든다. 이왕 내친 김에 이문구 소설을 확, 다 읽어 버릴까, 하는 것 말이다. 그리하여 시중에 나와 있는 『이문구 전집』을 구해 탐욕스럽게 한 권씩 읽어 나갔다면, 그리하여 마침내 다 읽어 냈다면, 그것이 바로 전작주의 독서가 된다.

이 방법은 깊어져서 넓어지게 한다. 한 작가의 작품 전체를 읽으면 다른 무엇보다 그 작가의 작품세계를 정확하게 이해하게 된다. 당대 현실에 맞서고 더 나은 세계에 대한 꿈을 어떻게 그렸는지 알게 된다는 뜻이다. 그리고 작가가 자주 쓰는 말이나 표현방식도 익히게 된다. 읽는 이의 표현력이 풍부해지는 부수효과도 있다는 말이다. 이런 독서법은 문학을 전공하는 학자들이 주로 활용한다. 한 권의 작가 연구서를 쓰려고 연구자는 그 작가의 작품을 완독할 뿐만 아니라 관련된 저서들도 두루 읽게 된다. 그리고서 자신의 관점에 따라 한 작가를 평하게 되는 것이다. 김윤식의 『이광수와 그의 시대』(솔출판사, 1999)가 이런 유의 책 가운데 단연 돋보이는 책이라 할 만하다.

노벨문학상을 받은 오에 겐자부로(大江健三郎)도 비슷한 독서법을 권한다. 다른 게 있다면, 시한을 정해 읽어 보라는 것인데, 그 저자의 책을 다 읽겠다는 것보다는 3년 동안 읽어 보라고 한다. 이 이야기는 오에 겐자부로의 자서전 『'나'라는 소설가 만들기』(김유곤 옮김, 문학사상사, 2000)에 다음처럼 나온다.

> 소설가로서의 나의 인생에 실제로 유용한 가르침을 준 사람은, 나의 대학 스승이자 만년까지 나를 이끌어 주신 와타나베 가즈오 교수였다. 그때 내가 대학에 있었던가 졸업했던가, 어쨌든 『개인적 체험』을 쓰기 전이었던 건 확실하다.
>
> "저널리즘의 평가라고 할까, 어쨌든 자네에 대한 그들의 태도는 당장에라도 변할 수 있으니까 믿을 수가 없지. 비평가 선생들의 자네에 대한 태도도 마찬가지야. 그들은 위대한 사람들이니까 …… 특히, 자네는 자네 방식으로 살아 나가지 않으면 안 되네. 소설을 어떤 식으로 써 가는지 나로서는 알 수 없지만, 어떤 시인, 작가, 사상가들을 상대로 삼 년가량씩 읽어 나간다면, 그때그때의 관심에 의한 독서와는 별도로 평생을 계속할 수 있을 것이네. 최소한 살아가는 게 따분하지는 않을 거야."
>
> 그때부터 내 인생의 원칙은 이 선생님의 말이었다. 나는 삼 년마다 대상을 정해서 독서하는 것을 생활의 기둥으로 삼았다.

깊이 읽기의 힘이 얼마나 센지 잘 보여 주는 대목이다. 한 작가가 세계적 명성을 얻는 작가로 성장케 한 힘이 바로 깊이 읽기에서 비롯되었다 하지 않는가. 더욱이 오에 겐자부로의 독서법은 실용성도 높다. 아무리 유명한 작가라 해도 태작이 있는 법이다. 전작주의에 함몰돼 그런 작품까지 읽는다는 것은 소모적일 수 있다. 그런데 3년 정도로 시한을 정해 한 작가의 작품을 두루 읽는다면, 알곡만 추려 내 읽을 수 있을 터다.

깊이 읽기가 꼭 전작 읽기로 제한될 필요는 없다. 같은 주제를 다룬 책을 두루 읽어 이해의 폭과 깊이를 더하는 방식도 분명히 깊이 읽기의 한 방식이다. 우연한 기회에 일부일처제에 관심을 기울이게 되었다 치자. 결혼의 방식은 다양했다. 특히 근대 이전을 볼라치면 일부다처이거나 일처다부 같은 형태가 퍼져 있었다. 특별히 근대에도 예외적이지만 다른 결혼형태가 여직 남아 있다. 그렇다면 왜 근대에 들어 일부일처제가 결혼과 사랑의 주된 방식이 되었는지, 그리고 미래에도 여전히 이 형태가 지속할지 궁금해지게 된다. 이런 지적 호기심을 풀어 나가려고 관련 책을 두루 읽어 나간다. 바로 이것도 깊이 읽기라는 말이다.

이 독서법은 대학에서 이루어지고 있는 '학술적 글쓰기'와도 맞닿아 있다. 주어진 과제를 해결하려고 관련된 주제를 다룬 책을 두루 읽고, 이를 바탕으로 독창적인 사유가 담긴 한 편의 글을 써낼 수 있게 된다. 이럴 때 책은 주춧돌 노릇을 한다. 나만의 사유는 기둥과 지붕이다. 그러나 이것이 가능한 것은 선학들의 지적 결정체인 책이 있었기 때문이다. 깊이 읽어야 튼튼한 사유의 집을 지을 수 있는 법이다. 책읽기가 효용성이 없다고 생각하는 사람들이 있다면, 당장 이 방법으로 자신에게 주어진 문제를 해결해 나가 보길 권해 본다. 무릇, 책에 길이 있는 법이다.

좋은 책이 무엇이고, 어떻게 해야 책과 가까워질지 고민하고 있다면, 거듭 깊이 읽어 보기를 권해 본다. 에둘러 가는 듯하지만, 이미 겪어 본 이들은 알거니와, 그것이 지름길이다.

8
책들이 벌이는 전쟁, 겹쳐 읽기

한 권의 책을 읽고 완벽하게 이해했다고 말할 수 있을까? 주변에서 물어보는 말이 아니라, 전문가연하는 내가 스스로 던지는 질문이다. 참 많이 읽기도 했다. 죽어라 읽어 댔으니 말이다. 방송에 나가 책의 내용을 설명하고 평가하기도 했다. 지상에 서평의 형식으로 요약, 논평, 주장 식의 글을 써갈겨 왔다. 잘 읽고 잘 알고 있다고 자랑하고 나다닌 셈이다. 그럼에도 늘 마음에 걸리는 게 있었다. 그 책만 읽고서 그 책을 정확히 분석하고 평가할 수 있는가 하고 말이다.

당연히, 그럴 수 없다. 한 라디오에서 명작 50편을 선정해 각 책의 전문가와 내가 참여해 토론하는 방송을 한 적이 있다. 내가 전적으로 불리한 게임이었다. 상대방은 그 작가를 전공한 문학평론가이거나 대학교수였다. 그이들은 작가의 삶과 사상, 그리고 작품세계를 꿰고 있었다. 이에 비해 나는 그 작품을 읽고 이해하는 데 급급하다. 물론, 젊은 날 읽은 책들이 많아 다행이긴 했으나, 다른 관련도서를 참조할 시간이 없어 불리하기는 마찬가지였다.

방송을 함께 하며 느낀 바이지만, 역시 한 권의 책을 제대로 이해하려면 그 책을 꼼꼼히 읽는 것은 기본에 해당하고, 관련된 책들을 함께 읽어야 한다. 나는 일찌감치 이런 독서법의 중요성을 알고, 이를 '겹쳐 읽기'라 말한 적이 있다. "한 작품의 창작 배경에 얽힌 관련자료를 꼼꼼하게 읽어 봄으로써, 행간에 숨어 있을 작가의 은밀한 숨결을 느껴 보"는 것이다. 그런데 시간이 지나면서 겹쳐 읽기의 의미가 더 확충되어야 한다는 사실을 깨달았다. 그 정도로는 책을 제대로 소화하기 어렵다는 것을 눈치 챈 것이다.

책읽기는 대화다. 지은이와 읽는 이가 끊임없이 대화해 나가는 것이다. "나는 이렇게 말했어, 너는 어떻게 읽었니." "응, 나는 이런 식으로 읽었는데 너도 그런 뜻으로 말한 거야." "잉, 이건 영 마음에 안 드는데, 왜 꼭 이렇게 써야 했어." "더 읽어 봐, 아마 곧 그 이유를 알게 될 거야." 아마도 책을 읽으며 이런 대화가 머릿속을 맴돈 경험이 많으리라. 그런데 이 정도로는 창조적인 독서라 할 수 없다. 말하자면, 지은이와 토론하는 지경에 이르러야 한다. 지은이가 자신의 주장을 뒷받침하려 동원한 근거를 문제시하고, 그것을 바탕으로 이르는 결론에 이의를 제기해야 한다. 그때 틈이 보이고, 그 틈을 비집고 들어가 지은이가 견고하게 쌓아 놓은 논리의 성채를 뒤흔들어야 한다.

문제는, 웬만한 독자는 이렇게 해낼 수 없다는 것이다. 그렇다면, 다른 책의 도움을 받아야 한다. 기왕이면 같은 주제를 다루었는데, 주장과 근거가 다른 책을 함께 읽어 보는 것이다. "지은이의 주장을 깊이 이해하는 것은 물론이거니와 지은이와 맞짱을 뜨고자 다른 견해를 보이는 책을 참조해 비판적으로 읽어 나가는 것"이 겹쳐 읽기의 새로운 의미가 된다.

겹쳐 읽기를 나름으로 소화해 글을 써 본 것이 첫 책 『어느 게으름뱅이의 책읽기』(한국출판마케팅연구소, 2001) 1부다. 겹쳐 읽기의 첫번째 의의에 충실한 글은 「꿈꾸는 거대한 상처, 잉카로의 여행」이다. 신경숙의 단편 『오래전 집을 떠날 때』(창작과비평사, 1996)와 김병익의 여행기 『페루에는 페루 사람들이 산다』(문학과지성사, 1997), 그리고 그레이엄 핸콕의 『신의 지문』(이경덕 옮김, 까치글방, 1996)을 그야말로 겹쳐 읽었다. 먼저, 앞의 두 책을 읽은 이유는 이렇다.

> 굳이 두 사람의 글을 선택한 것은 페루라는 공통분모 때문이다. 그런데 두 사람이 비슷한 시기에 발표한 글의 배경이 페루였던 것은, 우연의 일치가 아니었다. 김병익의 글을 살펴보면, 그의 페루 여행에는 국내의 내로라하는 작가들이 함께 했는데, 일행 가운데는 신경숙도 끼어 있었다. 바로 이 대목에서 나는, 두 사람의 글을 겹쳐 읽어야겠다는 착상을 얻었던 것이다. 대조되는(연령으로나 성별로나 장르로나) 두 사람의 글을 마주 세워 놓으면, 서로가 서로를 비추어, 읽는 이에게 큰 울림을 전해 줄 터이니까 말이다.

『신의 지문』은 두 사람의 글을 읽고 나서 일어난 페루에 대한 호기심을 채우려고 읽어 나갔다. 이런 독법은 작품 이해의 교두보를 확보한다는 데에 큰 의미가 있다. 작가를 만나 직접 물어보기 전에는 알 수 없는 그 무엇의 정체를 스스로 알아 가는 즐거움이 있는 데다. 작품이 미처 담지 못한 그 너머의 것을 포착하는 기쁨이 있다. 그런데 나는 이미 이 글에서 첫번째 의미의 겹쳐 읽기가 보이는 한계를 지적했다.

> 나는 앞에서, 우연한 계기를 통해, 한 작가의 작품에 대한 성의 있는 독해가 필요하다는 주장에 공감했다고 밝혔다. 그런 뜻에서 나는, 신경숙의 한 작품을 선택해 꼼꼼한 독해의 길을 열어 보고자 했다. 그러나 다 써 놓고 보니, 작품 창작의 배경에만 매달린 탓에 비평적 시각은 놓치고, 잉카문명에 대한 호기심만 잔뜩 늘어놓은 꼴이 되고 말았다. 그렇다면, 내가 겹쳐 읽어야 했던 것은, 페루(또는 잉카)와 관련된 책들이 아니라, 존재의 피곤함이나 불안감에 대한 이론적 저작이어야 했을 것이다.

첫 책에는 두번째 의미의 겹쳐 읽기 결과도 있었다. 유명한 대니얼 디포의 『로빈슨 크루소』(김병익 옮김, 『로빈슨 크루스』, 문학세계사, 1993)와 『로빈슨 크루소의 사랑』(험프리 리처드슨, 김한경 옮김, 눈, 1990), 그리고 『방드르디, 태평양의 끝』(미셸 투르니에, 김화영 옮김, 민음사, 2003)을 겹쳐 읽은 것이다. 『로빈슨 크루소』에 대해 왈가왈부할 필요는 없을 성싶다. 정작 책을 안 읽어 보았더라도 내용은 익히 알고 있을 터니까 말이다. 나는 『로빈슨 크루소의 사랑』을 일러, 『로빈슨 크루소』 메워 쓰기라 했다. 이 작품은 디포의 원작에 하나의 의문을 제기한다. 그 혈기왕성한 사내가 자신의 육체적 욕망,

그 가운데서도 특별히 성적 욕구를 어떻게 충족시켰을까, 라고 묻는 것이다. 이 물음은 이미 디포의 세계관을 뒤집고 있다. 그의 청교도적 가치관에 결정적인 딴죽을 걸고 있는 셈이다. 『방드르디, 태평양의 끝』을 두고는 신화론적 거꾸로 쓰기라 했다. 이 작품이 디포의 세계와는 반대로 자연이 문화를 지배하고, 방드르디가 외려 로빈슨을 가르치고 원시성이 문명을 이긴다는 메시지를 담아서다.

만약 『로빈슨 크루소』만 읽었다면, 이 책이 주는 재미에는 흠뻑 빠졌겠지만, 이 작품의 한계는 무엇이고, 그 너머에 있는 새로운 것은 무엇인지 진지하게 고민해 보지 못했을 터다. 겹쳐 읽었기에, 작가의 한계를 지적하고, 새로운 것을 꿈꾸게 된 것이다.

권정관의 『지식의 충돌, 책 vs 책』도 두번째 의미의 겹쳐 읽기를 더 충실히 한 결과물이다. "서로에 비판적이거나 비슷한 주제에 대해 상반되는 견해를 펼치는 책들끼리 싸움"을 붙이고 있다. 지은이는 이런 독법의 즐거움을 다음처럼 '간증' 한다.

> 실제로 같은 테마에 대해 상반되는 입장을 드러내며 서로 충돌하고 있는 두 책을 함께 읽은 기록이라 할 이 책을 쓰면서 나는 매우 색다른 재미와 풍요로움을 맛볼 수 있었다. 그것은 마치 홑눈이 아니라 겹눈을 통해 대상을 바라보는 것도 유사했고, 책과 책 사이에 여러 개의 골과 이랑이 여울져 새로운 사유의 지류들을 부단히 만들어 내는 것과도 비슷한 것이었으며, 흡사 '양다리 걸치기'가 가져다주는 묘한 흥분마저 동반하는 그런 종류의 책읽기였다.

나는 세상의 평화를 간절히 원한다. 그러나, 서재의 평화는 절대 바라지 않는다. 서재는 전쟁터야 한다. 그 누군가가 절대권력을 한껏 뽐내는 것이 아니라, 그것을 조롱하고 희롱하고 비판하는 마당이어야 한다. 삿대질하고 집어던지고 엎어 버리고 깨트려 버려야 한다. 상상해 보라, 서재로 여러 저자가 모여들어 시끌벅적하게 떠드는 장면을. 나는 우리나라의 통일을 간절히 기원한다. 그러나, 서재는 춘추전국시대이기를 바란다. 눈을 감아 보라. 읽는 이를 설득하려고 경쟁적으로 유세 펼치는 지은이들을. 책읽기의 묘미가 바로 여기에 있으렷다!

9
눈높이에 맞게, 그러나 눈높이를 넘어

강연이라도 나갈라치면 자주 받는 질문이 있다. 그동안 책을 읽어 오지 않았는데, 이러저러한 사정으로 책을 읽기 시작했다는 것이다(말이라도 내 강연을 듣고 결심했노라 하는 이는 만난 적이 없다). 그런데 신문이나 텔레비전에서 소개하는 책을 읽을라치면 도대체 무슨 소리인지 알아듣지 못하겠단다. 자다가 봉창 두드리는 소리가 따로 없다는 뜻이다. 가치 있고 의미 있는 책이라 전문가들이 읽어 보라는 것은 알겠지만, 열 쪽을 못 넘기겠으니 어찌해야겠냐는 것이다.

이런 질문을 하도 받은지라 모범답안이 이미 준비되어 있다. 그렇지만 무조건 답안을 보여 주지는 않는다. 잘난 척하거나 놀리려 부러 그러는 바는 절대 아니다. 일단, 질문한 사람을 격려해야 마땅하다. 책을 읽지 않고도 세상 살 수 있다고 여겼으나, 막상 살다 보니 그렇지 않다는 사실을 깨달았고, 뒤늦게나마 다시 읽기 시작했다니 얼마나 기특한 일인가. 청소년이라면 입시에 대한 부담을 떨쳐 버리고 책을 읽은 것일 터이고, 성인이라면 밥 벌어 먹기 바쁜 와중에 짬을 냈다는 말일 터이다. 그러니, 어찌 칭찬부터 하지 않을 수 있으랴.

다음으로는 널리 좋은 책이라거나 꼭 읽어 보아야 한다는 책을 쉽고 재미있게 빨리 읽어 내는 사람은 뜻밖에 적다는 점을 일러 준다. 한 사회가 기대하는 지적 역량이라는 것이 있다. 이에 이르려면 반드시 읽어야 하는 책이 있는 법이다. 대체로 이런 유의 책들은 청소년이나 '개심자' 들이 읽어 내기 어렵다. 그러니, 괜히 주눅 들 필요가 없다. 만약 여기서 절망한다면 책을 다시는 읽지 못할 수도 있다. 때로는 약간 과장해서, 다 알고 있다고 젠체하는 사람 가운데도 제대로 이해하지 못한 사람들이 있다고 말한다. 때로는 솔직하게 나 같은 책벌레도 읽다가 고개를 설레설레 내두른 책이 한두 권 아니었다고 고백한다.

마지막으로 지금 교양수준에서 재미있게 읽으면서 이해할 수 있는 책을 고르라고 한다. 청소년이라면, 어린이 책도 괜찮다. 장편동화도 좋고 그림책도 좋다. 만화책이면 어떠랴(눈치 보이면 포장지로 표지를 싸면 된다). 무슨 말인지 알겠고 읽으면서 흥미로웠다면, 그것이 좋은 책이다. 성인이라면, 아이들에게 소리 내 읽어 줄 만한 책부터 골라 보라 권한다. 처음에는 무슨 말인지 모른다. 하지만 곧 알게 되리라. 아이들 수준에 맞는 책이라 얕보았지만, 그리고 혼자 읽을 적에는 몰랐지만, 소리 내 읽어 주다 보면 자신이 먼저 감동하리라는 사실을.

눈치 챘겠지만, 나는 양서 개념을 새롭게 정의하고 있다. 책 많이 읽고 잘 이해하는 사람들이 정한 양서가 있다. 어제를 되돌아보고, 오늘을 이해하며, 내일을 비춰 보려면 꼭 읽어야 하는 책이다.

고전이 그러하고, 이른바 양서목록이 그러하다. 그렇지만, 읽어도 도통 모른다면, 읽다가 질려 버린다면 그것이 좋은 책일 리 없다. 그러니까 나는 두 종류의 양서가 있다고 말하는 셈이다. 그 하나는 '사회적 양서' 이고(고전이나 양서목록이 여기에 든다), 다른 하나는 '개인적 양서' 라 이름 지을 수 있을 터다.

아무리 많은 사람들이 좋은 책이라 떠벌리더라도 읽은 사람을 감동시키고 변화시키지 못한다면 좋은 책이 아니다. 나만의 양서가 있으니, 극단으로 말해 그 누구도 감동하지 않았으며 사회에 끼친 영향이 아예 없더라도, 오로지 읽은 그 사람만을 사로잡은 책이 있다면 바로 그것이다. 그러니, 거듭 말하거니와 주눅 들 필요 없다. 남들이 꼭 읽어야 한다는 책을 읽지 못했다고 말이다. 중요한 것은, 책을 읽은 덕에 나에게 일어나는 그 어떤 것이다. 그것을 경험하면, 앞으로 책을 스스로 잘 읽어 나갈 수 있다(나는 이를 일러 '책의 세례' 를 받았노라 표현한다). 그러니 남들이 읽어 보라고 하는 책보다 지금 내 눈높이에 맞는 책을 읽어야 한다. 어려운 책을 잘 읽어 내는 사람도 그 단계를 반드시 거쳤다. 물리학자 장회익도 이런 주장에 힘을 보태 준다.

> 당연히 책에는 좋은 책이 있고 그렇지 않은 책이 있다. 그러나 더 중요한 것은 그 책이 현재 나에게 맞는 책이냐 아니냐는 것이다. 자기가 현재 아는 수준에 맞추어 자기가 알고 싶은 것을 자기가 이해하는 방법으로 서술한 책이 가장 좋은 책이다. 그러니까 사람에 따라

크게 달라질 수 있다. 이런 점에서 나는 간혹 내게 맞는 책을 구할 수 있었는데, 이것이야말로 큰 행운이라고 할 수 있다. 그리고 학문하는 사람은 이런 점에서 '책 냄새'를 잘 맡을 줄 아는 것이 매우 중요하다.

내 경우를 보면 남들이 좋다고 한 책, 특히 교수라든가 학자들 사이에 정평이 나 있는 책들은 별 도움이 안 되었다. 이런 책들은 대개 내 수준보다 너무 어렵거나 생경해서 부담 없이 읽어 나갈 수 없었다. 이보다는 오히려 자기 수준에 비해 약간 낮은 책을 택하는 것이 훨씬 도움이 되었다. 이미 아는 것이 80퍼센트는 섞여 있어야 읽을 수 있다.(장회익, 『공부도둑』, 생각의나무, 2008, 195쪽)

그러면, 문제는 해결된 것이냐 하면, 그렇지 않다. 눈높이에 맞는 책을 읽으라고 권하는 것이 무에 어렵겠는가. 이 정도 말하면, 많은 사람들이 흡족해 돌아간다. 처음에는 그것으로 넉넉하다 생각했다. 책읽기에서 가장 중요한 것은 습관이다. 평소 책을 가까이 하는 버릇이 들면 잔소리할 필요가 없다. 눈높이에 맞는 책을 읽다 보면 책읽기의 참맛을 알게 되고, 그러다 보면 책읽기가 몸에 배게 된다. 하나, 내면에서 일어나는 의문이 있었으니, "그러면, 그 다음에는?"이 그것이었다. 책읽기의 궁극적 목표는 성장에 있다. 지금보다 더 나은 인식을 바탕으로 자신의 삶을 실천적으로 살도록 이끄는 데 있다는 말이다. 그렇다면 나는 너무 제한적이고 편의성을 띤 답변을 하고 만 것이 아닌가. 고민이 깊어졌다.

아무리 전문가라도 책읽기는 눈높이가 맞는 데서 시작하기 마련이다. 그렇다면 책읽기의 수준은 무엇을 계기로 한 단계 성장하는 것일까. 이 질문에 답하기는 쉽지 않다. 사람마다 계기가 다양할 수 밖에 없는 데다, 누군가의 경험을 일반화해 말하기도 어려워서다. 그렇다고 답을 회피할 수는 없다. 무조건 읽어야 한다는 말은 무책임한 것이고, 어떻게 해야 더 나아질 수 있는지 곰곰이 살펴봐야 한다. 이런 와중에 퍼뜩 떠오른 생각이 있었다. 고등학교 시절, '문청'들이라면 누구나 들고 다니던 니체의 『차라투스트라는 이렇게 말했다』(정동호 옮김, 책세상, 2000)가 떠올랐다.

그 어린 나이에 누가 그 책의 내용을 제대로 이해했을까(솔직히 말하면 고등학교 때 들고 다녔던 이 책을 제대로 이해한 것은 나이 사십 줄 들어 읽은 고병권의 『니체의 위험한 책, 차라투스트라는 이렇게 말했다』〔그린비, 2003〕 덕이었다). 지금 생각해 보면, 구별되기 위한 표식 행위가 아니었던가 싶다. '나는 이런 책을 읽는 사람이다, 너희는 고작 대학입시만 준비하고 있지, 공부는 나보다 잘할지 몰라, 그렇지만 왜 공부하는지 장차 무엇이 되려는지 고민해 보았냐, 나는 이미 부와 명예를 멀리하고 문학이나 철학을 하려고 해, 나는 너희와 다른 사람이야. 이 속물들아!' 이런 생각이 있어 그 책을 옆에 끼고 다녔으리라.

그러면, 그 치기 어린 행동은 가치 없었냐 하면, 꼭 그렇지 않다. 무슨 말인지 모르지만 읽어 나갔고, 무슨 뜻인지 몰라도 거듭해 읽어 보았다. 모르면서 니체가 한 말이라며 대화 속에 인용하며 어

수준에 맞춰 읽어야 한다는 말은 상식이다. 이해하지 못하는데 한 단계 높일 수 없는 노릇이다. 그렇지만 여기에 머물면 발전은 없다. 어려울 수도 있지만, 도전하는 과정에서 책읽기의 수준이 높아지기도 한다. 현 단계에 충실하면서도 다음 단계로 향하고자 하는 마음이 절실해야 비로소 발전하는 법이니, 책읽기도 세상의 일반적인 이치와 그리 다르지 않다.
위의 사진처럼 현대의 북디자이너들은 책의 핵심을 간략하지만 상징적으로 묘사하는 데 능하다. 글보다 그림이 더 큰 호소력을 발휘하는 순간이다. 하지만, 잊지 말아야 할 사실이 있다. 이해하지 못하고서는 그려 낼 수 없다는 점이 그것이다. 우리는 지금 상상력의 시대를 살고 있다. 이 시대에 창조적으로 적응하는 힘이 정확한 독해에서 비롯되고 있다는 점은 많은 것을 시사한다.

깨를 으쓱거리기도 했다. 그리하니, 교과서와 참고서를 신줏단지처럼 모시던 친구들과는 분명히 다른 존재로 여겨졌다. 별난 놈이거나 특이한 놈으로 말이다. 그렇지만 거기에는 존중의 분위기가 더 강했다. 일찌감치 다른 길을 걸어가는 별나지만 똑똑한 아이라는 평가가 뒷따랐다. 그러다 보니, 더 책을 읽어야 했다. 뻠내며 살자면 그만한 투자가 따라야 하는 법이다. 어찌 니체만 들고 다니겠는가. 헤세도 읽고, 톨스토이도 들고 다니고, 도스토예프스키도 읽은 척했다. 아는 것보다 더 많은 것을 아는 척했고, 소화되지 않은 관념덩어리를 침 튀기듯 떠벌려 댔다.

책은 묘한 존재다. 들고만 다녀도 효과를 나타낸다. 읽어야 한다는 부담감, 읽은 사람다운 말을 할 줄 알아야 한다는 강박증도 일으킨다. 그러다 보면, 놀랍게도 어려운 책에 겁 없이 도전하게 되고, 거기서 나름의 깨달음도 얻는다. 책은 다산성(多産性)이다. 하나를 읽으면 끝내 열까지 읽게 한다. 비록 니체의 책은 이해하지 못하더라도, 니체 때문에 읽은 책, 이해할 수 있게 된 책이 수두룩하다. 믿노니, 청소년 시절 니체의 책을 들고 다녔던 이들 가운데 많은 이들이 문인이 되거나 인문학도가 되었으리라. 눈높이보다 어려운 책에 도전해야 비로소 성장하는 법이다. 소설가 공지영도 비슷한 경험을 한 모양이다.

> 문고판 뒤에 문고 전체의 목록이 나와 있는데 그걸 오려서 책상 앞에 붙여 놓고, 한 권을 읽을 때마다 색연필로 하나씩 지워 나갔지.

아마 엄마가 읽은 소위 세계 명작의 8할은 그때 읽은 거 같아. 물론 그것이 꼭 재미있어서 그랬던 것 같지는 않아. 친구와의 경쟁심도 좀 작용했고—음, '난 이런 책도 읽었어' 뭐 이런 거드름도 피우고 싶었던 거, 이게 인생에서 꼭 나쁜 일은 아닌 거 같아. 그리고 왠지 그런 좋은 책을 읽고 있는 내 자신이 멋있는 것 같은 착각, 그리고 또 하나는 재미없지만 좋은 책이라고 붙들고 있는 내 자신에 대한 대견함 같은 것도 있었겠지. 하지만 무슨 소리인지 몰랐다고 해서, 그것이 엄마에게 아무것도 아니었다는 것은 아니야. 너도 왜 엄마가 하는 말 중에 그때는 몰랐는데 나중에 자라 보니 '아하, 그게 그 소리였구나' 하며 깨달을 때가 있지? 그런 거. 엄마가 아는 어떤 선배는 책을 읽는 행위를 완물치지(玩物致知)라고 하더라. 유교경전 중 하나인 『대학』에 나오는 격물치지(格物致知)를 바꾼 말인데, 그러니까 가지고 놀다 보면 앎에 이른다는 거야. 문고판 하나 가지고 너무 이야기가 길었나?(공지영, 『네가 어떤 삶을 살든 나는 너를 응원할 것이다』, 오픈하우스, 2008, 74쪽)

눈높이에만 맞는 책을 읽다 보면 결국 제자리에 머물고 만다. 물론, 그런 책을 읽더라도 서서히 더 수준 있는 책을 읽을 수도 있을 것이다. 그러나 그 발전의 속도는 너무 더딜 것이 뻔하다. 책읽기에도 도전이 필요하다. 나름대로 책을 읽어 왔다면, 이제 익숙한 눈높이보다 더 윗길에 있는 책을 읽어 보아야 한다. 당연히, 어려움이 따른다. 하지만, 기왕 시작했다면 끝까지 읽어 보길 권한다. 중도에 포기하면 효과를 거둘 수 없다. 모르는 단어가 나오면 사전을 뒤적여 가며 읽어야 하고, 헷갈리면 공책에 대강 내용을 정리해 가며 읽어야 한다. 빨리 읽으려고 하면 소용없다. 천천히, 마치 되새김질하는 소처럼 읽어야 한다. 한 번 읽어 안 되면 다시 읽어 보는 우직함도 필요하다. 두번째 읽으면 책에 대한 조감도가 머릿속에 들어와 있는 지라 훨씬 잘 이해되는 데다, 지은이가 강조하는 바가 무엇인지 잘 짐작할 수 있게 된다.

성장하려면 고통과 시간이 필요하다. 그것을 피하면 성장하지 못한다. 책읽기도 마찬가지다. '개인적 양서' 에 만족하지 않고 '사회적 양서' 마저 읽어 치울 수 있는 책벌레로 거듭나려면, 눈높이보다 어려운 책도 읽어 내야 한다. 비록 시작은 괴로울 터나, 그 끝은 지적 희열로 가득하리라!

10
각주와 이크의 책읽기

책 제목으로 쓰는 바람에 '이권우표' 독서론이 된 것이 있다. 개인으로는 큰 영광인데, '각주와 이크의 책읽기'가 바로 그것이다. 이 글은 본디 한 인터넷 서점 웹진에서 청탁이 와 서둘러 썼던 것이다. 홍대 앞을 걸어가고 있는데, 전화가 불쑥 왔고 예의 글 쓸 수 있는 시간은 너무 짧았다. 주제는 독서일기. 너무 뻔한지라 무엇을 써야 하나 고민하다 퍼뜩 아이디어가 떠올랐다. 약속을 서둘러 마치고 집으로 돌아와 써 내려갔다. 버스 속에서 이미 쓸 내용을 다 결정했다. 이럴 때 글쓰기는 행복한 일이 된다. 봇물 터지다, 는 말이 무슨 뜻인지 몸소 겪어 보기 때문이다. 제목 덕에 책이 언론에 크게 보도되고, 주변에서 읽어 보았다는 사람들도 자주 만났다. '이크'가 전통무예 태껸의 기합소리인 줄 알았다는 너스레도 들었다.

어찌 보면 새로운 내용이 아닐 수도 있다. 익숙한 것을 낯설게 표현해 주목받았을 수도 있다. 독서론의 대가라 할 만한 모티머 애들러(Mortimer J. Adler)의 표현에 빗대면, 그것은 깨달음을 위한 읽기의 다른 표현일 수도 있다. 그럼에도 나는 '각주와 이크의 책읽기'라는 표현이 애들러 것보다 더 근본적인 문제를 건드리고 있고,

오늘의 독자들에게 더 호소력 있다고 자평한다. 물론 실제적인 내용도 다르다. 남의 것을 내 것인 양 포장하는 것은 비난받아 마땅하나, 남의 것들을 오랫동안 품고 있다 자기만의 것으로 내뿜어 내는 것은 칭찬받을 만하다고 여긴다. 스스로 반성하는 것은, 그 이후 더 날렵하면서도 깊이 있는 독서론을 만들어 내지 못했다는 사실이다. 책 읽는 것이 한때의 유행이 되지 않고, 삶의 한가운데 굳건히 자리 잡게 하려면 책 읽는 이유를 논리적이면서도 감성적으로 잘 설득할 수 있어야 한다. 책 안 읽는다는 아우성이 터져 나올 때마다 내가 '직무태만'을 저지른 게 아닌가 싶어 송구스럽다.

새롭게 쓰기보다는 그 글의 고갱이만 인용하려 한다. 이미 널리 알려진 데다, 앞뒤로 있는 글은 40대 초반의 치기가 담겨 있어서다. 나이 들면 더 원숙한 글을 쓰고 싶어진다. 발랄한 문제의식이야 여전하기를 바라지만, 기왕이면 진정성이 더 무게 있게 깃들기를 바라기 마련이다. 직업으로 책 읽는 사람에게 자신만의 독서론이 있다는 것은 영광스러운 일이다. 하나, 어찌 이런 일이 나 같은 이에게만 있겠는가. 뭇 책벌레들에게도 이런 행운이 있기를 기원한다.

> 책을 읽는 이유와 유형은 크게 두 가지가 있다. 그 하나는 이름하여 '각주(脚註)의 독서'다. 이 말을 이해하려면, 먼저 각주의 사전적 풀이부터 찾아보아야 한다. 남영신의 국어사전을 보면, 각주란 "본문의 어떤 부분을 보충하여 설명하기 위하여 본문의 아래쪽에 베푼 풀이"라 되어 있다. 이 풀이에서 '보충'이라는 낱말에 주목해야 한다.

일반적으로 각주에는 글쓴이가 인용한 대목이 어느 쪽의 어느 부분에 있는지를 밝힌 서지사항도 포함하고 있는데, 여기서는 이것을 제외한다.

글쓴이는 일반적으로 본문에서 자신이 하고픈 말을 다 한다. 하지만 글이라는 게 묘한 구석이 있다. 자신의 논리를 더 강조하고 더 풍요롭게 하고 싶어 어느 단락엔가 꼭 집어넣고 싶은 글이 전체 얼개에서 보면 마뜩찮을 때가 왕왕 있게 마련이다. 고집 센 글쓴이야 전체 글 모양새가 어떻게 되든 이런 부분을 본문에 우격다짐으로 집어넣지만, 유려한 문체와 단락의 완성도를 더 치는 글쓴이는 과감하게 뺀다. 그러나 빼놓고 보니 아쉬워지는 게 글이다. 이런 때는 각주를 이용하면 좋다.

'예를 들면' 이라든지, '다른 누군가가 이미 말한 바이지만' 하는 글을 앞에 넣어 자신의 주장을 보충하게 된다. 이 정도면 이미 '각주의 독서' 가 무슨 의미인지 눈치챘으리라. 자신의 세계관과 감성을 옹호하고 보충하고 지지하는 책을 읽는 행위가 바로 각주의 책읽기다. 이 경우는 주로 세대론적 책읽기에서 쉽게 확인할 수 있다. 그 책이야말로 우리 세대의 감성을 반영했다 라든지, 우리 스스로도 미처 알지 못했던 우리만의 정체성을 충격적으로 드러낸 책이라는 상찬을 받는 경우가 여기에 속한다.

기실 일반적인 책읽기는 대부분 각주의 책읽기다. 한 편의 논문에 수많은 각주가 주렁주렁 매달려 있듯, 기존의 세계관이나 가치관을 적극적으로 옹호하고, 그것의 가치를 높이 평가해 주는 책을 읽는 경우인 것이다. 이 책읽기는 정체성을 확인하고, 자신의 논리를 강화해 준다는 점에서 강점이 있다. 하지만 이런 책읽기에는 결정적인 맹점이 있다. 편견으로 가득찬 완고한 성채에 자신을 가둘 수도 있다는 점이 그것이다. 책읽기는 기본적으로 대화의 장이다. 우리가 대화에 거는 기대는, 이제는 죽은 개 취급을 받는, 변증법적 발전에 있다. 내가 정(正)을 이야기하면 상대방은 반(反)을 내놓을 것이고, 이 과정을 거치다 보면 서로가 합(合)의 상황에 이르게 된다. 변증법의 논리에 따르면, 합은 발전이다. 하지만 각주의 책읽기는, 대화에 비유하면, 독백에 해당한다. 더 깊어지고, 더 넓어지기에는 근본적으로 한계가 있는 것이다.

두번째는 이름하여 '이크의 책읽기'이다. '이크'라니 이것이 웬 말인가 할 터인데, 그 뜻을 『연세 한국어 사전』에서 찾아보면 "이크: 감탄사. 놀라서 급히 멈추거나 피할 때 내는 소리를 나타냄. 예) 이크! 이게 뭐야! / 용길이는 논두렁을 더듬어 나가다가 별안간, '이크!' 깜짝 소스라치며 뒷걸음질쳤다"라고 되어 있다. 여기서 관심을 기울여야 할 부분은 "놀랐다"이다. 가만히 보면 이 감탄사는 요즘에는 잘 쓰지 않는 것 같다. 그런데 내가 어릴 적에는, 아휴 내가 새가슴이어서 그랬는지, 참 많이 썼던 말이다. 우리가 이크! 할 때는 사전적 정의대로 놀라서일 때인데, 나는 그것을 지적 충격을 함축한 단어로 본다. 예를 들면 이렇다. "이크! 이것도 모르고 있었네"라든지, "이크! 이건 내가 미처 생각해 보지 못했던 거 아니야" 하고 말하는 경우다. 다시 생각해 보니, 나는 이 말을 참 많이 하는 것 같다.

물론, 입 밖으로 소리 내어 발음한 적은 거의 없다. 주로 책을 읽다 속으로 내뱉는 말이다.

나는 호들갑을 잘 떠는 편이다. 특히 좋은 책을 읽으면 가만 있지 못하는 부류에 속한다. "그 책 읽어 봤니, 뭐 안 읽었다고, 어떻게 아직도 그 책을 안 읽을 수 있니, 너는 읽었니. 어 읽었다고, 어떻디. 그래 어쩜 나랑 생각이 같니, 정말 미처 몰랐던 것을 알게 됐지, 그치, 어 너도 읽었다고, 그런데 나랑 생각이 다르네, 너는 왜 그렇게 생각하니, 아하 그렇구나. 그 대목을 내가 눈여겨보지 않았구나" 하며 소란한 수다로 가까운 이들을 괴롭힌다. 하긴, 어찌 나만 하는 짓이겠는가. 책을 좋아하는 대부분의 사람들이 그러하리라. 내가 좀 정도가 지나칠 뿐이지.

그렇다고 모든 책을 읽고 이렇게 호들갑을 떠는 것은 아니다. 읽다가 속으로 이크, 하고 소리 지를 만큼 지적인 충격을 준 책을 가지고 세상을 시끄럽게 만드는 거다. 이런 책읽기는 '각주의 책읽기' 와는 달리, 자신의 성채를 허무는 고통스러운 책읽기다. 책 속에 '매장' 되어 있는 전혀 새로운 세계관을 '채굴' 하고, 그 쏟아지는 지적 환희의 '원유' 에 내 정신을 흠뻑 적시는 것과 같다. 이것은 '각주의 책읽기' 와는 달리, 변증법적 대화의 원칙에 충실하다. 나를 깊고 넓게 만드는 책읽기이어서다. 그러므로 '이크의 책읽기' 는 고통의 책읽기다. 나의 낡은 세계관을 스스로 비판하고 과감하게 버려야 하기 때문이다. 그러나 이크의 책읽기는 궁극적으로 행복한 책읽기다. 그 고통을 거쳐 거듭나는 나의 모습을 지켜보게 되기 때문이다.

언론에서 책을 소개하는 난이나 프로그램을 만들 적에 '간판'에 '행복한'이라는 말을 쓰는 경우가 자주 있다. 물론 잘못된 말은 아니다. 책 안 읽는 사람들을 읽게 하려면 '행복하다'라는 형용사가 필요하다. 권유와 유혹의 의미가 담겨 있으니 말이다. 상처받고 피곤한 영혼에 안식처를 주는 책이 있는 법이다. 이런 책을 읽을 적에 우리는 행복하다고 느낀다. 그러나 이런 표현이 범람하는 것은 나를 불편하게 한다. 행복한 책읽기에는 함정이 있다. 행복을 느끼는 교양 수준에 우리를 가두어 버릴 수도 있어서다. 그것은 마치 양수에 둘러싸인 태아와 같다. 거기에 있는 것이 당연하나, 궁극에는 박차고 나와야 마땅한 것이다. 나는 '각주의 책읽기'가 무조건 나쁘다고 말한 것은 아니다. 행복한 책읽기가 나쁘다고 말하지 않는 것과 같다. 단지, 그것을 넘어서야 한다. 애들러의 말대로 하자면 "더 적게 이해하는 상태에서 더 많이 이해하는 상태로 스스로를 고양하는 것"이며, 기존의 것을 버리고 새로운 것을 품는 것이다. 그것이 바로 '이크의 책읽기'다. 책읽기가 행복하다는 표현은 자제해야 한다. 그리고 솔직하게 말해야 한다. 책읽기는 고통이다. 하나, 고통 없이 우리가 어찌 성장할 수 있는가, 라고. 새로워지고 높아지니 비로소 행복을 만끽하는 것이다. 과정은 고통이나 그 결과는 행복한 것이 책읽기라고 나는 여전히 생각하고 있다.

11
독후감, 책의 주인이 되는 첫걸음

몇 해 전, 살고 있는 집에서 자전거 타고 5분 정도 거리에 공립 도서관이 문을 열었다. 워낙 소문난 게으름뱅이라, 언젠가 가 봐야지 마음만 먹고 들러 보질 않았다. 그러던 어느 날, 마침내 게으른 몸을 잘 구슬려, 자전거를 타고 도서관에 갔다. 그만하면 잘 지은 셈이었다. 건물도 디자인이 잘되었다. 휴게실이나 식당 같은 부대시설도 그만하면 만족할 만했다. 1층에 마련된 어린이실도 신경을 많이 쓴 흔적이 묻어 있었다. 애비 닮아 책벌레 기질 있는 딸아이를 데리고 놀러와야겠다는 생각이 들었다. 도서관 담당자가 알면 불쾌할지 모르지만, 내 눈은 마치 상급기관에서 감찰이라도 나온 양 도서관 구석구석을 살펴보았고, 이 정도면 만족할 만하다고 평가했다. 그러나, 경험 많은 감찰관은 그렇게 쉽사리 점수를 매기지 않는 법인 모양이다. 종합자료실에 들어선 순간, 나는 경악을 금치 못했다. 일단 그 크기가 예상보다 작았다. 당장 10년 앞을 내다보더라도 이 정도의 넓이로는 시민이 원하는 책을 모아 놓는 게 불가능할 성싶었다. 더 실망스러운 것은 모아 놓은 책의 빈약함이었다. 먹다 만 옥수수 형상이라 해야 할 정도로 책이 너무 없었다. 얼마나 많은 사람들이,

얼마나 오랫동안 도서관에서 정작 중요한 것은 책이라고 말해 왔던가. 나도 주제넘게 끼어들어 기회만 있으면 거들지 않았던가. 실망은 곧바로 분노로 비약했다.

혼자 열 받아 봐야 당사자만 손해인 법이다. 내가 아무리 옳더라도 남들이 아니라면 할 수 없는 법이다. 이렇게 스스로를 다독이며 흥분을 가라앉히려다 나는 뜬금없는 생각을 하나 하게 되었다. 옳거니, 이 일이 여태 해결되지 않는 것은 사람들이 책을 소프트웨어로 여겨서이겠구나, 하는 생각이 든 것이다. 도서관 이야기를 하다가 갑자기 컴퓨터 관련 이야기를 하다니 무슨 소리냐 싶겠지만, 이 글을 읽다 보면 수긍이 가리라. 백과사전을 찾아보니, 하드웨어를 "원래는 쇠붙이라는 뜻인데, 컴퓨터의 중앙처리장치(CPU : central processing unit)·기억장치(memory unit)·입출력장치와 같은 전자·기계장치의 몸체 그 자체를 가리킬 때에 사용한다"라고 정의했다. 소프트웨어는 "컴퓨터를 활용하기 위한 각종 프로그램 체계(體系)"라고 설명하고 있다. 이 정도야 이제는 상식이 된 마당이니 새삼스러울 만한 게 없다. 내가 주목한 것은 다음의 구절이다.

> 1960년대는 하드웨어만을 중요시하고 소프트웨어는 무료로 공급했으나 이제는 소프트웨어의 중요성과 독립성이 널리 인식되어 소프트웨어의 가격이 하드웨어와 별도로 책정되는 경향이 뚜렷해졌고, 소프트웨어 가격이 하드웨어 가격보다 높은 경우도 많다. 하드웨어 가격이 계속 저렴해지고 또 자주 교체됨에 따라 이제는 컴퓨터 시스

템을 선택할 때 과거와는 반대로 소프트웨어가 더 중요한 역할을 할 때가 많다. 소프트웨어가 생산성을 얼마나 높여 주는가의 여부, 하드웨어가 바뀌더라도 거기에 적응할 수 있는 소프트웨어인가의 여부, 유지보수를 하는 것이 효율적인가의 여부 등이 중요한 요구조건이 되고 있고, 또한 중요한 연구개발 대상이 되고 있다.

하드웨어와 소프트웨어에 대한 백과사전의 정의는 얼마든지 변주될 수 있다. 큰 것, 움직이지 않는 것, 변하지 않는 것, 바꾸기 힘든 것, 더 이상의 이윤창출이 없는 것 등속이 하드웨어다. 이에 반해 소프트웨어는 작은 것, 움직이는 것, 변하는 것, 자주 바꿀 수밖에 없는 것, 그것으로 더 많은 이윤을 만들어 낼 수 있는 것 등속이라고 할 수 있다. 이를 다시 내 식으로 종합해 보면, 한 번에 큰돈이 들어 마련해야 하지만, 스스로 이득을 내지 못하는 것은 하드웨어로, 이에 반해 더 많은 이윤을 만들어 내는 것은 소프트웨어라 정의할 수 있다. 이제 논점을 되돌려 도서관에서 책은 하드웨어인가 소프트웨어인가를 고민해 보아야 한다. 나는 본디 에둘러 돌아가는 것을 좋아하는 사람이라, 다른 것에 빗대어 설명해 보면 이렇다. 쌀은 하드웨어인가 소프트웨어인가를 먼저 생각해 보자. 쌀집의 하드웨어는 가게와 저울일 터이다. 앞에서 말한 하드웨어 정의에 얼추 들어맞는다. 그렇다면 쌀집에서 쌀은 당연히 소프트웨어다. 그러면 고급음식점에서 쌀은 어디에 해당할까. 이것은 상당히 논쟁적인 질문인데, 서둘러 내 견해를 밝힌다면, 나는 음식점에서 쌀은 하드웨어에 들어간다고 본다. 이유인즉슨, 일단 쌀은 그 자체로 음식점에서는 부가가치가 없다. 음식점에서 쌀은 솜씨 있는 주방장의 손에서 숱한 변화를 거치게 되어 있다. 쌀을 안치면 그것은 비빕밥, 오곡밥, 짜장밥, 짬뽕밥, 쌈밥 등등으로 거듭난다. 음식점에서 쌀 자체로는 아무런 소득을 남길 수 없다. 누가 쌀 사러 음식점에 오겠는가. 그러나 쌀을 재료 삼아 요리한 것은 주인에게 이윤을 남겨 준다.

책으로 다시 돌아와 이야기를 계속해 보자. 책을 만드는 출판사나 책을 파는 서점 처지에서 보면 책은 당연히 소프트웨어다. 문화상품이라는 수사학으로 포장되어 있으나, 출판사나 서점에게는 문화보다는 상품에 방점이 찍혀 있게 마련이다. 팔리지 않는 책을 내거나 전시해 주는 출판사나 서점이 전혀 없는 것은 아니나, 우리 시대에 그것은 이제 희귀한, 예외적인 현상이 되어 가고 있다. 이들에게 책은 지속적으로 이윤을 남겨야 할 상품이다. 그러면 도서관이나 독자(소비자) 입장에서도 책이 소프트웨어인가를 고민해 보아야 한다. 나는 이미 앞에서 이에 대해 답변을 한 꼴이다. 도서관이 책을 소프트웨어로 여기는 것 같다며 시비를 걸었으니 말이다. 내 입장에서 보자면, 책은 쌀과 같은 운명이다. 쌀집에서 소프트웨어였던 쌀이 음식점에 가면 하드웨어로 바뀌듯이, 출판사와 서점에서는 소프트웨어였던 책이 도서관이나 독자 입장에서는 하드웨어가 되기 때문이다.

그 이유는 책을 구비하거나 샀다고 해서 그 자체로 책이 도서관이나 독자에게 부가이득을 남기지 않는다는 데서 찾을 수 있다. 도

책을 읽는 마음에는 하늘 끝에 닿으려 하는, 달리 말하자면 바벨 탑을 세우려는 욕망이 숨어 있다. 벽돌을 구워 쌓아올리느냐, 책으로 상징된 정신을 쌓으려 하냐만 다를 뿐. 그 욕망이 없다면 책을 읽을 리 없다. 생명과 우주의 섭리를 알아내려는 것은 발견의 기쁨을 누리고자 하는 것이다. 그러나 지식에 대한 열망에는 권력의지가 있다는 점을 간과해서는 안 된다. 안다는 것은 지배한다는 것이다. 책으로 쌓는 바벨 탑은 그래서 위험하다. 무조건 앎만 추구하는 삶은 메피스토펠레스와 거래하는 파우스트다.
앎의 궁극에 이르면서도 지배와 권력의 욕망을 경계할 줄 아는 것. 이 역설을 부여잡고 있을 적에 진정 책의 주인이 된다. 위의 그림은 피터르 브뤼헐(피터 브뢰겔, Pieter Bruegel)이 1563년에 그린 「바벨 탑」(*Tower of Babel*).

서관 책꽂이에 책이 아무리 즐비하게 늘어서 있다고 해서 무슨 이득이 있는가. 도서관은 만인에게 열려 있다. 그 사람의 국적이나 계층이나 연령이나 성별을 구별하지 않고, 책을 읽고자 하는 의지가 있는 사람이라면 누구나 수용한다. 아니, 좀더 적극적으로 말하면, 돈 없어 책을 살 수 없거나 사교육의 혜택을 받지 못하는 어려운 형편의 청소년들이나 다른 직업을 찾고 있는 성인들을 위한 평생교육의 한마당이기도 하다. 바로 이런 사람들이 찾아와서 자기가 필요로 하는 책을 무상으로 빌려 가고, 그것을 읽어서 애초 의도한 바를 이룰 때 비로소 도서관의 책은 의미 있는 법이다. 가령, 외국인이 우리의 문화를 이해하는 데 도움이 되었다거나, 논술학원에 제 돈 내고 다닐 수 없는 청소년이 대출된 책을 읽고 대학에 합격했다거나 실직상태의 고령자가 재취업을 하는 데 도움이 되었거나 할 적에 비로소 책은 가치를 갖는다는 것이다. "내가 그의 이름을 불러 주었을 때 / 그는 나에게로 와서 / 꽃이 되었다"는 시구를 연상하면 쉽게 이해할 수 있으리라.

독자의 입장에서도 마찬가지다. 신문에 떠들썩하게 기사가 나거나 연예인들이 나와 소란스럽게 읽을 만하다고 권해 책을 샀다면, 그것은 어디까지나 출판사와 서점에게 좋은 일을 한 것에 불과하다. 구슬이 서 말이나 있다 해서 무슨 소용이 있겠는가. 꿰어야 보배라는 건 누구나 다 아는 일. 책장을 열고 읽어 나갈 때 비로소 가치 있는 일이 된다. 그렇다고 읽는 것 자체가 책을 소프트웨어로 만드는 건 아니다. 어떤 방식으로 읽느냐에 따라 그것은 다른 결과를 가져온다. 지은이가 그 책에서 무엇을 말하고자 했는지, 그것을 어떤 식으로 만들어 가는지, 주장한 것이 있다면 그것을 뒷받침하는 글은 논리적으로 탄탄한지를 따져 가며 읽어야 한다. 여기서 그쳐서도 안 된다. 지은이가 말한 것에 대해 나는 어떻게 생각하는지, 그것이 나의 삶과 어떤 관련이 있는지, 다르다면 지은이의 입장을 어떤 근거로 비판할 수 있는지를 깊이 있게 고민해야 한다. 이 과정이 생략되면 읽는 이는 지은이에게 포박당하나, 이 과정에 충실하면 읽는 이는 하드웨어가 소프트웨어로 바뀌는 놀라운 경험을 하게 된다.

나는 지금껏 독후감을 이야기하기 위해 먼 길을 걸어왔다. 현명한 독자야 벌써 수상한 낌새를 눈치 채고, 결국 그 말을 할 거면서 허풍을 그리 떨고 있나 싶어 혀를 찼으리라. 그러나 너무나 익숙한 것이기에 조금은 다른 시각에서 볼 필요가 있다. 오랫동안 보아 온 것일수록 낯설게 보려 노력해야 그것의 새로운 가치를 발견할 수 있는 법이다. 나는 아직도 수학시험을 보는 꿈에 가위눌려 깨어난 적이 있다. 참으로 한심한 일이 아닐 수 없다. 학교를 마친 게 언제인데 아직도 그런 꿈을 꾸다니. 더욱이 수학 못한다고 살아오면서 손해 본 게 하나도 없는데, 그런 점에서는 차라리 영어시험 보는 꿈 때문에 가위눌리면 이해라도 할 터인데, 그런 꿈 때문에 잠을 망치다니 억울하기도 하다. 그런데 요즘 청소년들한테는 독후감이 꼭 그런 모양이다. 읽기도 싫은데 억지로 읽으라 하고, 요리 빼고 저리 피해서 어떻게든 안 읽으려 했더니 그놈의 수행평가라는 전가의 보도를 휘두르며 몰아치니 안 읽을 수도 없는 모양이다. 그런데 읽는 것만 해도 귀찮아 죽겠는데 거기다 숙제랍시고 독후감을 내주니 이게 꼭 삼장법사가 손오공 머리에 씌운 금테 같아 학생들을 옴짝달싹 못하게 한다. 그러나 어릴 적 우리보다 요즘 아이들은 얼마나 더 되바라졌던가. 아예 정해 준 책을 읽지도 않고 독후감 숙제를 해내는 비법을 찾았으니, 그게 바로 인터넷이라더라. 그리하여 방학이 끝날 무렵이면 인터넷 사이트 최고 인기 검색어에 '독·후·감' 세 글자가 당당히 등재되었다나 어쨌다나.

나이가 들면, 지금 알고 있는 걸 그때 알았으면 얼마나 좋았겠는가 하는 마음이 들 적이 많다. 독후감도 그런 경우다. 독서지도를 하는 교사들의 입장에서 보면 독후감만큼 책을 자기 것으로 만드는데 유효한 교육이 없다. '지금 알고 있는 것' 이다. 하지만 학생들에게는 그것이 단지 숙제로만 다가올 뿐이니, 먼 훗날 이것을 그때 알았으면 좋았을 터인데 하며 후회하리라. 물론 모든 교사들이 독후감의 가치를 제대로 알고 이를 숙제형식으로 내준다고 단언할 수는 없다. 관행이 그래 왔으니, 평가하기 가장 쉬운 방법이어서 독후감을 활용하는 경우도 없지 않아 있으리라. 하지만, 독후감이 여전히 교육현장에서 위력을 발휘하는 데는 그만한 효과가 있기 때문이라고 보는 게 타당하다. 그것이 무엇이냐 하면, 방금 말한 나만의 어법에 기대어 표현하건대, 하드웨어를 소프트웨어로 만드는 지름길이다.

하드웨어라는 개념은 투자라는 뜻과 연결되는 면이 있다. 이에 비해 소프트웨어는 소득이라는 뜻과 깊은 관련을 맺고 있다. 책을 사는 것은 투자하는 것이다. 투자자 처지에서 돈을 지불했다면, 그것 이상의 효과를 기대하는 것은 당연하다. 독서는 물론 일반적인 경제행위와 달리 즉각적인 투자효과를 거둘 수는 없다. 그것은 무척 늦게 나타나기 십상이며, 의약으로 치자면 서양의학보다는 한의학에 가깝다. 대증(對症)요법적 효과는 기대하기 어렵더라도(이것은 참고서가 해결해 줄 것이다) 병인(病因)요법적 치료는 가능하다는 이야기다. 하지만 책이 그 어떤 효과를 거두기 위해서는 두 가지의 과정을 거쳐야 하는데, 그 첫 단계는 읽기이고 두번째 단계는 그 책의 주제를 자기 것으로 만드는 과정이다. 이것을 위해서는 책과의 대화가 긴요하기도 하다. 이것은 비유하자면, 배추를 소금에 절여 두는 것과 같은 이치다. 빽빽한 배추가 영양가 만점의 김치로 바뀌는 데 이바지한 일등공신은 소금이다. 책이라는 하드웨어를 소프트웨어로 바꾸는 연금술사는 방금 말한 두 가지다.

책과 말하는 가장 좋은 방법은 저자와 나누는 대화를 들 수 있다. 읽은 이가 저자와 맞장을 뜨는 일만큼 흥분되고 즐거운 일은 없다. 그러나 일반 독자가 저자를 만나는 것은 현실적으로 너무 어렵다. 두번째는 대중매체를 통해 저자와 만날 수 있다. 텔레비전의 독서 토론 프로그램에 저자가 나오는 경우 이를 십분 활용할 수 있다. 이 방법은 즉각 활용할 수 있는 장점이 있지만, 일방적이라는 단점이 있다. 내가 묻고 싶은 것, 내가 주장하고 싶은 것이 반영되기 어렵다. 세번째는 주위의 사람들과 같은 책을 읽고 토론하는 것이다. 이것이야말로 가장 권장할 만한 방법이다. 토론이라는 과정을 통해 나와 다른 해석과 가치관을 만난다는 것은 상당히 의미 있는 일이다. 그런데 이도 우리의 환경에서는 쉽지 않다. 책 읽는 사람이 갈수록 줄어든다고 아우성인 데다, 짬을 내 같은 책을 읽고 토론하기란 여간 어려운 일이 아니다. 네번째가 바로 독후감 쓰기다.

독후감은 일기가 그러하듯 자신과 저자의 내면적 만남이다. 책에서 지은이가 말하고자 한 것이 무엇인지를 정리하고, 그것을 어떤 형식으로 꾸며 냈는지에 대해 글을 쓰면 된다. 그리고 그 주제에 대해 자신의 생각이 어떠한지, 그리고 다른 사람들은 어떻게 생각할지를 적어 가면 된다. 성인이 되어 쓰는 독후감이라면, 누구에게 보여주려고 하는 것이 아닌 만큼, 그 형식은 자유롭다. 완성된 문장으로 쓰는 것이 가장 좋지만, 여의치 않으면 요점만 정리해도 된다. 일기 형식이어도 좋고 편지 형식이어도 좋고 가상대담 형식이어도 좋다. 중요한 것은 책에 대해 무언가를 쓴다는 사실이다. 여기서 유의할 사항은 독후감의 뜻을 깊이 생각해야 한다는 점이다. 독후감은 말 그대로 읽고 나서 느낀 소감을 적는 것이다. 책의 내용이나 얼개만 정리하는 게 아니라는 뜻이다. 그 책을 나의 삶이라는 문맥 속에 넣었을 때 어떤 감흥이나 문제의식이 떠올랐는지가 주제가 되어야 한다. 좋은 독후감이 대체로 1인칭으로 쓰여진 이유가 여기에 있다. 여기에 밑줄 진하게 그어 놓아야 한다. 학창시절 '꼰대' 한테 들었던 독후감 쓰기의 황금률은 잊어버려야 한다. 지금 우리는 학자들이 쓰는 서평이나 평론을 쓰는 것이 아니라는 점을 기억하자.

큰돈이 생겨 텔레비전을 홈시어터로 바꾸었다고 가상해 보자.

그 홈시어터에는 분명 제작사의 마크가 찍혀 있지만, 거실에 있는 홈시어터의 소유권은 그것을 산 사람에게 있다. 홈시어터로 반드시 영화만 보아야 한다든지, 그 영화가 특정 장르여야만 한다는 제한은 없다. 책도 마찬가지다. 돈을 주고 사 왔든 도서관에서 빌려 왔든 그 책의 주인은 읽는 이다. 책에 담겨 있는 내용이나 주제도 그 책의 주인에 의해 자유롭게 해석되고, 그 의미가 새롭게 조명될 수 있다. 더욱이 지은이가 애초에 의도했던 바와 달리, 철저하게 자신의 입장에서 그 책에 반응할 수 있다. 주인이면 그렇게 할 수 있다. 이 과정이 어떤 '검열' 도 거치지 않고 자유롭게 펼쳐질 수 있는 마당이 바로 독후감이다. 백 마디 말보다 이렇게 주장하는 사람이 쓴 독후감을 예로 드는 것이 나을 성싶다. 아랫글은 박혜란의 『나이듦에 대하여』(웅진닷컴, 2006)를 읽고 내가 쓴 글이다.

'불의 시대' 였던 80년대, 나는 20대였다. 그때 나는, 새로운 세계를 꿈꾸게 하지 못하는 현실에 절망하고 있었다. 아니, 이 문장은 바로 잡아야 한다. 20대였던 우리 모두가 그러했다, 라고. 현실의 벽을 뛰어넘지 못한 나는, 그 시절 내내 자살충동에 시달렸다. 젊음이 죄라고 생각했고, 치욕스럽게 질식사하느니 스스로 내 영혼을 자유롭게 하고 싶다고 되뇌었다. 죽음에의 유혹이 강해지면서 나는 가끔 차라리 파파노인이 되길 소원하기도 했다. 내가 발 딛고 있는 현실에 아무런 책임의식을 느끼지 않아도 되는 '치매' 의 상태를 원했던 것이다. 그만큼 나는 현실 앞에 비겁했다.

그 시절, 나는 스스로 목숨을 끊지도, 어느 날 갑자기 폭삭 늙어 버리지도 못했다. 어정쩡하게 살아남아, 치명적인 상처를 입은 채로 80년대를 넘겼고, 90년대에는 돛이 꺾인 난파선이 되어 표류했다. 그리고 새 세기를 맞이했고 어느새 불혹의 나이를 눈앞에 두고 있다. 세월의 담금질에 시달린 내 얼굴을 거울에 비춘다면, 아, 그 아름답던 청년의 모습은 흔적도 없이 사라지고, '살아남은 자의 슬픔'이 가득 담긴 초라한 몰골만이 남아 있으리라.

그래도 내가 지금껏 구차한 삶을 꾸려 온 데는 이유가 있다. 세월을 약 삼아 견디다 보면, 마치 몸무게가 0킬로그램이 되는 것과 같은 일이 일어나리라 기대했기 때문이다. 부피는 있으나 무게가 없는 사람이라, 이 얼마나 황홀한 상상인가. 바람이 불면, 몸이 가벼우니, 하늘을 날 수 있을 것이고, 비가 오면, 부피는 있으니, 젖어 물과 함께 흐를 수 있을 터이다. 나이를 먹다 보면 일상의 덫을 날렵하게 건너뛰고 좀더 넓고 깊게 세상을 바라볼 수 있으리라 믿었다. 나는 여전히 '진보사관'을 버리지 못했던 것이다.

하지만 현실은 정반대였다. 비록 비유였지만, 몸무게가 0킬로그램이 되는 것은 가당치도 않은 일이었다. 나이 먹을수록 배만 나오더니, 급기야 저울이 가리키는 숫자가 90을 넘어서려는 순간의 아찔함이라니! 시간이 흐를수록 영혼은 젖은 외투처럼 더 무거워져 갔다. 그러기에 바람이 불어도 좀처럼 흔들리지 않았고, 비가 와도 도대체 흐르지 않았다. 일상이라는 덫에 꼼짝없이 걸려든 것이다. 떨쳐 버릴수록 더 깊이 조여 오는 덫에서 벗어나는 방법은 없을까. 그래서 집어든 책이 박혜란의 『나이듦에 대하여』 이다.

아무리 사정이 급하더라도 이 책을 '종합감기약' 처럼 여겨서는 안 된다. 단박에 나이듦의 의미를 꿰뚫어 볼 수 있는 혜안을 담고 있는 것은 아니니까 말이다(두 눈 비비고 아무리 찾아도 이 세상에 그런 책은 없다). 이 땅에 여자로 태어나 나이 든다는 것이 무엇인지 곱씹고 있는 이 책에서 나는, 각별히 나이 들며 지은이가 깨달았다는 것에서 감동을 받았다. 요약하자면, 느슨하게 살자는 것이니, 우리 인생이 꼭 무언가를 남겨야만 하는 건 아니라는 것이 그 첫째다. 지나고 나니 인생은 짧은 즐거움과 긴 괴로움의 연속이었다는 것은 두번째 깨달음이다. 마지막은 남에게 일어날 수 있는 일은 바로 나에게도 일어날 가능성이 높다는 것이다. 불행은 모든 사람 앞에 평등하다. 나이 들어 이 정도만이라도 깨달을 수 있다면, 죽지 않고 살아남은 것에 깊이 감사할 수 있을 것 같은 생각이 들었다.

지은이가 이 글을 보았다면 불쾌할 수도 있다. 책 내용을 정확하게 요약한 것도 아니고, 주장의 옳고 그름을 가늠하지도 않았다. 그저 읽은 이의 푸념만 늘어놓았을 뿐이다. 하지만 독후감을 쓰는 사람에게 저자는 하등 고려의 대상이 아니다. 늙어 감이라는 주제에 외려 나는 20대를 떠올렸고, 나이 들어 가면서 그때의 건강한 꿈이 훼손된 것에 대한 안타까움을 토로했다.

위의 글이 독후감의 표본일 수는 없지만, 이런 류의 독후감도 있다는 것을 보여 주는 것은 사실이다. 지은이와 책은 사라지고 읽는 이의 감정과 느낌만 오롯이 남는 것, 내가 가장 좋아하는 독후감이다. 소설가 김연수의 다음과 같은 글은 나의 이런 입장을 지지하고 있는 듯하다.

> 어찌어찌하다 보니 지금은 잠시 고향 도서관 1층 로비에 앉아 있다. 작년에 새로 지은 이 도서관은 한때 시내에 식수를 공급하는 저수지가 있던 작은 동산 위에 자리해 있다. 모르긴 해도 일제시대 때 만든 저수지였을 것이다. 도서관 주위에는 키가 20미터도 넘을 만한 밤나무들이 여럿 서서 도서관 안에 있는 사람들을 굽어보는데, 아마 저수지를 조성할 때 그 밤나무를 심은 게 아닐까?
>
> 나는 고향의 이 도서관을 매우 좋아하는데, 그 까닭은 통유리로 시내를 굽어볼 수 있는 로비에서 글을 쓸 수 있다는 장점 외에도 그 밤나무들이 들려주는 바람소리가 꽤 좋기 때문이다. 키 작은 나무들은 그런 소리를 내지 못한다. 그래서 그 소리에 귀를 기울이면 우리 머리보다 조금 더 높은 곳에는 지금 세차게 바람이 불고 있다는 사실을 깨닫게 된다. 그러니까 그 소리를 듣고 바람의 세기를 느끼는 일이 나는 참 마음에 드는 것이다.
>
> 나는 대단히 좋은 소설이란 밤나무들의 그 바람소리처럼 이뤄진 소설이라고 생각한다. 그 바람소리가 어떤지 아주 세세하고도 정확하게 기록해야만 하는 게 소설가가 할 일이라면 그걸 읽고 밤나무 잎사귀들의 움직임이나 바람소리가 아니라 우리 머리보다 조금 더 높은 곳에서 일어나는 일들을 상상해야만 하는 게 독자들이 할 일이

다. 그래서 나는 소설을 두고 그 기법이나 문체나 구조를 얘기하는 독자를 좀체 상상하지 못한다. 그건 문학관련 종사자들이 해야만 하는 일이다. 좋은 독자라면 소설가가 어떻게 바람소리를 생생하게 묘사했는지보다는 그 바람소리를 통해 자신이 무엇을 상상할 수 있었는지 말할 수 있어야만 한다. 소설은, 가끔 이럴 경우에 삶처럼 위대해진다.(김연수, 「꿈이 있기에 자존을 지킨 사람들의 이야기」, 『book & issue』 5호, 한국출판인회의, 37쪽)

이쯤 해서 이야기를 끝마쳐도 되나, 그냥 말문을 닫자니 아쉽다. 아직도 독후감 쓰기의 가치와 요령에 대해 이해하지 못한 이들이 있을 듯싶어서다. 그만큼 학교 교육의 힘은 위대하다. 그 독소를 입때껏 씻어 내지 못했으니 말이다. 그래서 하나의 예를 더 들어 보기로 한다. 책 많이 읽는 아나운서 황정민의 글을 보면, 별로 유명하지 않은 이권우나 꽤 유명한 소설가 김연수의 말이 무엇을 뜻하는지 알 수 있을 터이다. 스티븐 킹의 단편 「사다리의 마지막 단」을 읽고 쓴 글인데, 지면 사정상 줄여 실으니, 기회가 되면 글을 찾아 다 읽어 보시길.

"오빠, 오빠!"
키티는 온 힘을 다해 썩은 사다리의 마지막 단을 붙잡고 버둥거렸습니다. 그대로 떨어지면 목뼈가 부러질 수 있는 상황에서 그는 죽을 힘을 다해 건초더미를 키티가 떨어질 지점으로 옮기기 시작했습니다. 어떻게든 동생이 입을 충격을 줄여야겠다는 생각뿐이었습니다.

"쿵!"

불행 중 다행으로 키티의 다리가 부러지는 정도로 사고는 마무리됐습니다. 무섭지 않았냐고 울먹이며 묻는 오빠에게 여동생은 태연하게 대답합니다.

"나는 오빠가 날 지켜줄 줄 알았어."

……

"와줄 수 있어, 오빠?"

여전히 갈 수 있는 형편이 아니었습니다. 이번에도 키티는 뛰어내렸습니다. 하지만 옛날처럼 사다리에서가 아니라 보험회사 건물 꼭대기였습니다. 오빠를 기다리다가 지친 모양입니다.

그녀도 저를 기다리고 있었습니다. 하지만 저는 처음 시작한 대학생활과 새로 사귀기 시작한 친구들에 푹 빠져 그녀를 잊어버렸습니다. 아주 가끔 생각이 나면 전화나 할 뿐이었지요. 우리는 중학교 때 단짝 친구였습니다. 그때를 생각하면 지금도 나도 모르게 미소 짓게 됩니다.

여학교에서 흔히 있을 수 있는 단짝 친구, 우리는 이름이 같았습니다. 누군가 뒤에서 "정민아" 하고 부르면 나란히 뒤를 돌아봤습니다. 그리고 되묻곤 했죠. "누구?" 웃으면 쏙 들어가는 보조개부터 짧게 자른 머리까지, 처음부터 정민이가 좋았습니다.

……

다행히 정민이가 어디에선가 뛰어내렸다는 얘기는 없습니다. 착하고 똑똑한 아이니 잘살고 있을 겁니다. 어떤 남자와 결혼해서 멀리 외국에 나가 있다는 소문을 마지막으로, 지금은 서로 연락이 되지 않습니다. 뒤돌아보면 아 그때는 내가 참 무심했구나 하는 생각이 듭니다. 시간이 없어서, 너무 바빠서만은 아니었을 겁니다. 마음이 모자랐던 거겠죠. 사람 사이의 관계라는 것도 나무 기르듯 물 주고 벌레 잡아줘 가며 정성을 쏟았어야 했는데 품 들이지 않고 열매를 거두려고 욕심을 부렸습니다. 가장 고통스러웠을 시기에 깊이 공감해 주지 못한 게 미안하고 아쉽습니다. 가까이 있을 때는 소중한 줄 모른다는 얘기는 어쩌자고 세월이 가도 이렇게 끈덕지게 '진리'인지 모르겠습니다.(황정민, 「절망의 끝에서 기다리고 있었다」, 『book & issue』 3호, 한국출판인회의, 134~136쪽)

한 편의 글을 읽다가 마치 벼락을 맞듯 자신의 삶과 관련된 일화가 번뜩 떠오르고, 그래서 하던 일을 멈추고 회상에 젖었던 일이 있었으리라. 그 회상은 대체로 반성으로 이어지게 되며 삶의 허무나 허망함에 문득 아연해지게 마련이다. 다른 것을 말하는 것이 아니다. 이 과정에서 일어났던 것을 진솔하게 적으면, 그게 바로 가장 좋은 독후감이란 말이다.

이제 우리는 통념을 바꾸어야 할 때가 왔다. 책이라는 것은 신성한 그 무엇이 아니다. 그러니까 오락거리 책도 가치 있다고 말하려는 것이 아니다. 책을 누가 쓰고 무엇을 주제로 삼았건, 그것은 탐식가인 읽는 이에 의해 그 내용과 형식이라는 살과 뼈가 샅샅이 발려야 한다. 그리고 그것은 읽는 이에 의해 재구성되어 또다른 무엇인가를 낳는 밑거름이 되어야 한다. 나는 책을 단 한 번도 경제적 가치로 재단한 적은 없다. 그러나 나는 늘 책을 통해 무엇인가 얻기를 갈구한다. 부가가치를 창출하고 싶어 하는 것이며, 하드웨어를 소프트웨어로 바꾸고 싶어 하는 것이다. 책이 이윤을 낳는 것은 내 것으로 만들었을 때다. 내 것으로 만드는 가장 손쉬운 방법은 지금껏 말해 왔듯 독후감 쓰기다. 독후감 쓰기는 읽는 이를 책의 주인으로 만든다. 그리고 감히 말하거니와, 책의 주인 된 자가 세상의 주인으로 당당히 나설 수 있는 법이다.

언제나 인터넷 검색어 순위에서 독후감이 빠질 수 있을까. 뒤늦게 깨닫고 후회하지 말고, 지금 그 가치를 제대로 알았으면 하는 바람인데, 바라노니 청소년 흉볼 생각 말고 어른들부터 독후감을 써 보길! 변화와 성장이라는 놀라운 경험을 몸소 체험할 수 있으리라.

12
책 읽는 학교가 되어야 한다

과연 우리 청소년 출판이 활성화하지 못했느냐, 하는 문제에 대해서는 각기 다른 반응을 보일 것이다. 그리고 활성화 대책 운운하는 것에 대해 신경질적인 거부 반응을 보일 사람도 있을 터이다. 더욱이 출판계 처지에서 보는 것이나 학교 현장에서 살피고 있는 것, 그리고 청소년들이 느끼는 것 사이에도 큰 차이가 있을 것이 분명하다. 그리고 그 원인에 대해서도 각기 다른 처방전을 내놓고 있는 것이 현실이다. 그 차이를 모두 인정하고 수용한다고 해도, 나는 우리 청소년 출판이 활력을 띠지 못하고 있는 가장 큰 원인을 학교가 책을 읽지 않아도 되는 교육시스템 속에 놓여 있기 때문이라고 보고 있다. 물론, 우리의 교육시스템은 과거에 비해 현격히 달라지고 있으며, 교육주체의 한 축을 담당하는 교사들의 헌신적인 노력으로 상황이 개선되고 있는 것이 사실이다. 그런데도 만족스럽지 못하다는 것이다.

책 읽는 학교를 만들기 위한 노력은 크게 두 가지로 나누어진다. 그 하나는 '억지로'이고, 다른 하나는 '저절로'라 이름 붙일 수 있다(당사자들은 나의 수사학에 동의하지 않을 것이다). 교육행정을 맡고 있는 집단은, 새로운 시대가 지식경영의 시대임을 인정하고 학교 현장에서 학생들이 책을 읽도록 유도하는 방법으로 인증제를 선호하고 있는 듯싶다. 읽어야 하는데 읽지 않으면, 읽게끔 하는 제도적 장치를 만들자는 것이다. 나는 이 같은 움직임에 대해 부분적으로 높이 평가하고 있다. 책읽기를 제도적으로 수용하려는 노력의 한 결과라 보기 때문이다. 방법이 과연 적절하고 옳은 것이냐는 물론 다른 문제이지만 말이다.

이에 반해 자발적으로 독서운동을 펼치고 있는 교사집단이나 시민운동가들은 인증제에 대해 격렬할 정도로 반대하고 있다. 그런 식의 독서교육은 결과적으로 청소년들을 책에서 멀리하도록 만들 것이라 보기 때문이다. 이 같은 반발을 함부로 무시할 사람은 없다. 냇가까지 말을 몰고 갈 수는 있으나 억지로 물을 먹일 수는 없는 법이다. 운동가들의 입장은 책읽기의 본디 가치인 무상성을 강조하고, 스스로 책의 세계에 빠질 수 있도록 돕자는 데 초점을 맞추고 있다. 맞는 말이다. 그런데 왜 청소년들은 책의 세계에 좀처럼 빠져들지 않을까, 라는 질문에 선뜻 답변하기가 곤란하겠지만 말이다.

나는 억지로 책을 읽혀서도 안 되지만, 저절로 읽게 될 것이라 믿어서도 안 된다고 생각한다. 억지로 읽히려는 마음에는 국가경쟁력 강화라는 큰 목적의식이 앞서 있다. 창의력 있는 노동자를 만들어 내려는 것은 국가 교육의 당연한 목적이다. 그러니, 책을 읽게 하려는 것이다. 그런데 왜 억지로라는 인상을 주는 것일까. 근본적으로 입시제도를 개혁하지 않고, 그 영향권 안에서 책을 읽게 하는 장치를 보조적으로 만들려다 보니, 이런 일이 발생하는 것이다. 입시제도는 뜻있는 사람들의 대안제시에도 불구하고 왜 바뀌지 않는 것일까. 우리 사회가 여전히 학벌사회이기 때문이다. 나는 교육당국의 '억지로' 독서정책을 고육지책이라고 판단하고 있다. 새 술을 헌 부대에 담으니 터질 수밖에 없는 것이다.

나는 저절로 읽게끔 하자는 주장을 너무 순진한 발상이라고 본다. 책을 읽는 행위는 결코 쉬운 일이 아니니다. 본디 그러한데 영상매체가 범람하는 시대에 그것에 입문하는 것은 더욱 어려운 일이다. 그렇다면, 여기에는 무척 세련된 프로그램이 필요하다. 책의 가치를 가르치고 책 읽는 방법을 일러 주고 책을 읽도록 이끌어야 한다. 여기에 그친다면, 그것은 새로운 시대에 걸맞지 않다. 읽고 나서 알거나 느낀 것을 공유하는 과정을 거치도록 해야 한다. 이것이 학교 도서관만 활성화하면 저절로 이루어질까. 좋은 책을 권하기만 하면 저절로 되는 것일까. 더욱이 무상성의 독서라는 것이 과연 책읽기의 유일한 목적인가도 고민해야 한다. 책을 읽는 전통적인 목적은 지식 습득과 인격형성에 있다. 이 가치를 부정할 수 있느냐 하는 것이다. 더욱이 새로운 시대는 위안으로서의 독서가 중요해지고 있다. 삶의 근거가 빠른 속도로 바뀌는, 유목의 시대는 자신의 정체성을 확인해 주고 새로운 삶을 살 수 있도록 격려하는 정서적 위안도 중요하다. 무상성의 독서는 제도적 독서가 강화되면서 벌어지는 문제점을 치유하는 데 더 큰 가치가 있다.

나는 책 읽는 학교를 만드는 길은 '억지로'와 '저절로' 사이에 있다고 믿고 있다. 그 길이 무엇인지 내가 명확히 말할 수는 없다(알면 내가 교육과학기술부 장관을 하겠다). 지금까지 내가 생각하고 있는 것을 정리하면, 이렇다. 나는 우리 학교에서 교과서가 없어져야 책 읽는 학교가 될 수 있다고 생각한다. 교육자치단체는 학년별, 교과별, 탐구과제만을 정해 주고, 해당 교사가 거기에 해당하는 책을 선별, 추천해 학생들이 그 책을 읽는 프로그램이 대안이 될 수 있을 성싶다. 학생들은 교사가 추천한 책을 학교 도서관이나 공공 도서관에서 직접 찾아 읽어 보고, 이를 수업시간에 토론식으로 소화해 나가야 할 터이다.

물론, 이를 가능케 하기 위해서는 학벌사회를 깨 나가는 교육운동이 선행되어야 한다. 이것은 교육주체만의 문제가 아니라 사회민주화와 밀접한 관련이 있다. 지금 내가 이 자리에서 말할 수 있는 것은, 일제시대 때 책읽기운동은 독립운동이었고, 독재시대 때 책읽기운동이 민주화운동이었다면, 오늘 우리에게는 교육운동이 되고 있다는 점이다. 책 읽는 학교가 만들어지면, 억지로 청소년 출판시장을 활성화하지 않더라도, 저절로 청소년 출판이 활성화되리라 믿는다. 이상적인 이야기를 마구 늘어놓는 것도 무책임한 일일 수 있다. 답답한 현실에서 벗어나는 길을 제시해 보면 다음과 같다.

• 책 있는 학교가 되어야 한다 •

앞으로 책 읽는 사람이 그 사회의 엘리트층이 될 가능성은 높다. 이미 그런 조짐은 보이고 있으나 아직 가시화되고 있지 않을 뿐이다.

책으로 이루어진 마을을 꿈꾼다. 한 집의 주소는 그 집 서가에 주로 진열된 책의 특징을 알려 주는 것으로 정한다. 어렵게 생각하지 말자. 정 만들기 어려우면 도서관에서 쓰는 분류법을 차용하면 되니까. 그 마을에 학교를 하나 세우고 싶다. 오로지 책 읽고 이야기 나누고 글을 써 보는 곳. 상상만 해도 행복한 마을. 그런데 요즘에는 욕심이 자꾸 생긴다. 상상에 그칠 일이 아니라 현실에 실현하려는 의지가 있어야 하는 것이 아닌가 싶어서다. 영국 웨일스 지방에는 헌책방으로 이뤄진 헤이온와이(Hay-on-Wye)라는 마을이 있다. 여럿이 함께 꿈꾸고 뜻을 모아 실천하면 이루어지게 되어 있다. 책 읽는 학교도 불가능한 것만은 아니라는 뜻이다.

단지 일부 대학에 개설한 독서와 토론 과목에 대한, 이른바 명문대와 그렇지 않은 대학의 반응차가 이런 예측을 강화하고 있다. 책 읽는 능력이 한 인간의 경쟁력을 좌우할 가능성이 높다면, 책 읽자는 운동은 지극히 정치적인 색깔을 띨 수밖에 없다. 정치적 이념을 가리키는 것이 아니라 계층별 차이를 최소화하거나 철폐하자는 평등 운동의 성격을 띤다는 말이다.

각별히 책 읽는 능력은 뒤늦게 개발되기보다는, 청소년 시절에 키워야 한다. 때늦으면, 그만큼 사회 격차를 줄일 가능성이 줄어드는 데다, 대체로 그러하듯 청소년 시절에 미리 익혀 두면, 사회변화의 폭이 아무리 크더라도 스스로 적응할 가능성이 높다. 책 읽는 학교가 특별한 청소년만을 대상으로 하는 것이 아니라, 교육받는 모든 사람을 대상으로 한다고 했을 때, 학교에는 반드시 책이 있어야 한다. 부모의 경제지위에 따라 책에 대한 접근권이 제한적으로 보장된다면, 책 읽는 행위는 결코 계층을 넘어서는 계기를 마련하지 못할 뿐 아니라, 외려 이를 강고하게 하는 부작용을 낳을 뿐이다.

책 있는 학교로 가는 지름길은 학교 도서관의 위상을 높이고 적극적으로 투자하는 것이다. 다행히 이 점은 몇 년 전부터 지속적인 지원이 이루어지고 있어 과거에 비해 훨씬 나아지고 있는 것으로 알려졌다. 특히 학교운영비에서 도서구입비를 책정하도록 하는 추세는 책 있는 학교를 만드는 데 이바지하고 있다. 특별히 도서구입비의 증가는 청소년 도서 활성화에 긍정적인 영향을 미친다. 현행 입시제도 아래에서는 학생들이 자발적으로 책을 구입하는 데 명백한 한계가 있다. 그러나 공공적 성격을 띤 학교 도서관이 다양한 기준을 근거로 청소년 도서를 구입한다면, 출판계에서 청소년 책을 기획하고 출판할 가능성은 그만큼 더 높아진다. 시장이 있으면 산업은 움직이게 되어 있다.

책 있는 학교로 가는 데도 아직 많은 걸림돌이 있다. 사서교사 확충문제는 여전히 해결되지 않고 있고, 책 있는 학교가 책 읽는 학교를 만드는 역할을 어떻게 해야 하는지에 대해서도 아직 구체적인 대안이 제시되지 않고 있다. 도서관 연계 수업이 궁극적 해결책은 아니다. 그래서 다시 문제는 제자리로 돌아간다. 책 읽는 학교가 되기 위한 근본적인 변혁 없이는 책 있는 학교는 별 의미가 없게 된다. 자칫하면 학교 도서관이 '책의 납골당' 으로 전락할 수도 있다는 뜻이다.

• 책이 나올 수 있는 시스템을 마련해야 한다 •

사사로운 이야기 하나. 몇 해 전 도서관운동을 하는 교사를 만난 적이 있다. 학교 도서관의 도서구입비가 늘어나 책 살 여력이 생겼는데, 막상 서점에 가면 좋은 책이 없다는 말이 나왔다. 교육계의 변화에 비해 출판계의 대응이 무척 더디다는 분석이었다. 그 자리에서 내가 구체적인 반박은 하지 않았지만, 그 교사의 그런 정서에는 문제가 있다. 상대방에게 문제가 있다고 떠넘기는 것은 말하기에는 속시원하겠지만, 현안을 해결하는 적극적인 대안을 제시하지는 못한다. 같은 자리에 모인 것은 함께 문제를 공유하고 해결책을 찾아가기 위해서다. 열정보다 열린 마음이 더 중요한 이유다. 내 입장에서 도서구입비의 증대가 출판 활성화로 확대되지 않는 이유를 몇 가지 들면 다음과 같으니, 이것으로 청소년 출판 활성화를 위한 대안으로 내세우겠다.

첫째는 좋은 책의 의미를 일부 교사들이나 단체가 사실상 독점하는 이상 시장 활성화에는 일정한 한계가 있다는 점이다. 청소년 도서의 경우 좋은 책을 가려 뽑는 일이 일반 교양도서와 달리 어려운 점이 많다. 윤리적, 이념적 차원에서도 까탈스러울 수밖에 없으며, 지식의 전달 방법에서도 적절한 난이도에 대해 고민하지 않을 수 없다. 추천 작업 그 자체를 문제 삼을 수도 있다. 좋은 책을 제한하는 보이지 않는 손이 될 수도 있고, 시장에 미치는 영향 때문에 문화권력집단이 될 수도 있다는 비판도 나오고 있다. 내가 여기에서 문제 삼고자 하는 것은 이런 근본적인 것이 아니다. 그것은 다른 자리에서 더 진지하게 논의해야 할 주제로 보이는데, 나는 청소년 도서를 선정하는 단체가 지극히 제한되어 있다는 점을 우려하고 있다.

소수의 단체가 책을 선정, 발표하게 되면 예기치 못한 결과가 나타날 수 있다. 선정 과정의 객관성이나 엄밀성보다는 결과만을 쉽게 공유하려는 경향이 나타나게 되기 때문이다. 책을 읽혀 보자는 말이 나오면서 이런 현상은 쉽게 확인된다. 특정기관이 발표한 자료가 무비판적으로 수용되면서 학교 일선의 추천목록에 큰 영향을 미치고 있다. 이럴 경우 한 번 선정된 책은 안정적인 시장을 확보하게 되지만, 그 수혜층이 제한되면서 시장 전반에 긍정적 영향을 미치지는 못하게 된다. 거기에 출판계에는 일부 브랜드 가치가 높은 출판사의 책이 자주 선정되고 있다는 피해의식이 널리 퍼져 있는 실정이라는 점을 감안해야 한다. 당연히, 일선 학교 현장의 독서운동가들이 시장 활성화까지 신경 써야 할 이유는 없다. 단지 시장이 활성화하지 못해서 좋은 책이 제한되어 있는 것에 문제의식을 가지고만 있어도 출판계 처지에는 원군을 얻은 셈이다.

나는 좋은 책을 선정하고 추천하는 것만 있는 현상을 우려하고 있다. 이에 대한 가장 적절한 대안은 '학교 도서관저널' 같은 서평잡지의 창간이다. 시장에 나오는 책의 정보를 공유하고, 각 책에 대해 서로 다른 가치관을 기준으로 평가하며, 이에 대해 이의를 제기하고 논쟁하는 과정이 선행되어야 한다는 것이다. 이런 '논의의 용광로'를 거친 다음에 더 많은 단체들이 도서선정 결과를 발표하는 것이 순리이다. 그럴 때 선정된 책의 권위가 확보되고, 배제되는 책이 최소화되는 결과를 가져올 것이다. 특별히, 나는 교사들만이 책을 선정, 발표하는 것이 아니라, 교육의 주체를 이루는 학생이나 학부모들도 이 작업에 참여해야 한다고 본다. 여기에 책 읽는 일을 즐겨 하는 일반인들마저 동참한다면 금상첨화일 터이다.

둘째, 좋은 청소년 책이 나오지 않는 데는 잠재적 집필집단인 교사들에게도 문제가 있다는 점이다. 청소년이 알아야 할 지식과 그 수준을 정확히 아는 데 교사들을 능가할 사람은 없다. 그럼에도 청소년을 대상으로 한 교양소설이나 교양도서를 집필한 교사들은 제한되어 있다. 그 원인으로는, 청소년 도서를 집필할 만한 능력이 있는 교사들이 많지 않다는 점, 교과서나 참고서 집필에 비해 경제적 효과가 적어 참여하지 않는다는 점, 현장의 업무가 많아 집필할 짬을 내기 어렵다는 점 등을 들 수 있을 듯싶다. 그러니, 함부로 출판계만의 문제로 돌려서는 안 된다.

필자 기근을 해결하기 위해 출판계는 번역에 매달리고 있다. 교사들이 교양도서 집필에 나설 수 있는 제도적 장치를 마련해야 하는 시급한 이유다. 다른 무엇보다 경제적 성과가 크다면, 능력 있는 교사들이 집필할 가능성이 높을 것이다. 당장 시장에서 많이 팔려 큰 돈을 벌 수 있다면 좋겠지만, 그럴 만한 상황은 아니니 공공 성격을 띤 기관이나 단체들이 나섰으면 좋겠다. 분야별로 좋은 청소년 책을 쓴 교사나 집필자들에게 혜택이 돌아갈 수 있는 지원책을 마련해 달라는 것이다.

셋째는, 청소년 책이 시장에 나올 수 있는 사회적 배려가 너무 부족하다는 점이다. 출판은 모든 문화상품이 그러하듯 문화요소와 함께 산업요소도 있다. 산업이라는 점에서 경제성이 보장되지 않으면 아무리 문화성이 높아도 책을 내기 어렵게 되어 있다. 우리 출판은 그런 점에서 문화성이 높은 산업 분야였다. 국가나 사회의 지원 없이 출판이라는 산업이 이 정도 성장한 것은 놀라운 일이다.

우리 사회의 빈약한 출판지원 정책은 그나마 대체로 출판이 된 다음에 작동하고 있다. 땅을 팔든 집을 팔든 일단 종자돈을 개인적으로 만들어 책을 낸 다음에야 손길을 뻗는 것이다. 나는 이것을 바꿔야 한다고 본다. 잘못하면 돈을 날릴 수도 있다는 중압감은 좋은 책을 출간하고자 하는 의지를 꺾게 된다. 그래서 공공 성격을 띤 기관에서 청소년 책 기획서를 받아, 이를 검토하고 내용이 좋은 것으로 판단되는 책에는 경제적 지원을 하자는 것이다. 이때 비로소 시장에 좋은 청소년 책이 넘쳐 날 것이다. 사후가 아니라, 사전에 지원하자는 것이다.

13
책읽기, 다음 세대에 물려줄 가장 가치 있는 유산

얼마 전, 수도권에 있는 한 도서관으로 강연하러 간 적이 있다. 차가 없는지라 대중교통수단을 이용해야 하는 나로서는 찾아가기가 불편한 곳이었다. 그런데도 마다하지 않고 간 데는 이유가 있었다. 이번 강연이 도서관을 주로 이용하는 학부모들을 대상으로 하고 있다고 들었기 때문이다. 옳다구나 싶었다. 어른들이 변하지 않고서야 어찌 아이들이 바뀌겠는가. 아무리 '나는 바담 풍해도 너는 바람 풍하라'는 게 세태라 하더라도, 책읽기는 다르다. 다른 무엇보다 어른이 모범을 보여야 아이들이 따라 하게 되어 있기 때문이다.

그날 강연의 주제도 당연히 거기에 맞추어져 있었다. 어른들이 집에서 먼저 책을 읽어라, 라는 내용이었다. 강연이 끝나고 나서 질의시간을 보냈는데, 그때 읽어 볼 만한 책을 추천해 달라는 소리를 여러 차례 들었다. 딱히 떠오르는 책이 없어, 농 삼아 내 책 읽어 보라고 했지만, 만족할 만한 답변은 되지 않았다. 그러다 딱 맞춤한 책을 발견했다. 저우예후이가 쓴 『내 아이를 위한 일생의 독서계획』(최경숙 옮김, 바다출판사, 2007)이 바로 그것이다.

요즈음 정말 책읽기에 관한 관심이 부쩍 늘어났다고 할 수 있다. 좋은 일이다. 그러나 한편으로 씁쓸한 일이기도 하다. 대학논술 때문에 아이들에게 책읽기를 강요하는 모습이 서서히 나타나고 있어서다. 뒤늦게 책 읽으라고 닦달하면 과연 아이들이 잘 읽어내던가? 아마도 강요이기에 외려 책읽기를 멀리하는 부작용이 나타날 터이다. 그래서 학원에 보낸다고? 말릴 수야 없지만 그렇게 한다고 이른 시간 안에 눈에 띌 성과를 올리기는 어려울 것이다. 왜냐고? 책 읽는 습관이 몸에 배고, 책을 정확하게 읽어 내고, 한 발짝 나아가 비판적으로 분석하는 데에 이르기까지는 오랜 시간이 걸리기 때문이다.

그러길래 책 읽는 습관은 일찍 들여놓는 게 좋다는 것이다. 다른 것은 몰라도 책읽기야말로 '조기교육'이 필요하다. 그렇다고 조기 영어교육이라든지 조기 영재교육을 떠올리지는 말자. 돈 들여서 떠들썩하게 가르치는 것이 아니기 때문이다. 아이에게 책 읽는 습관을 들이는 데 최고의 선생님은 바로 부모들이다. 지은이의 말대로 "부모는 아이에게 최초의 선생님이자 평생의 선생님"인 것이다. 왜냐하면, 역시 지은이의 말대로 "책에 대한 흥미는 타고나는 것이 아니다. 때문에 그것을 의도적으로 길러 주려는 부모의 노력이 매우 중요"할 수밖에 없다. 그렇다고 무슨 왕도가 있는 양 착각하지는 마라. 단지 지혜와 경험으로 세운 전략이 있을 뿐이다.

지은이는, 그 전략을 나이대에 맞춰 크게 네 단계로 나누고 있다. 1단계는 0~7세, 2단계는 8~13세, 3단계는 14~16세, 4단계는 17~19세의 연령대이다. 눈치 빠른 사람들은 이 단계가 관습적으로 나뉜 게 아니라는 걸 알아차렸을 것이다. 아이들의 발달 단계도 분명히 염두에 두고 있으나, 학제의 변화에 맞춰 독서지도도 달라져야 한다는 지은이의 입장이 반영되어 있는 구분임을 알 수 있다. 책을 잘 읽을 수 있도록 이끌어 주되, 무작정 하는 것이 아니라 전략적으로 선택된 목적과 방법을 잘 구사해야 한다는 뜻이다.

1단계에서는, 익히 짐작할 수 있듯, 아이에게 책에 관한 좋은 느낌을 심어 주거나, 책읽기에 흥미를 느낄 수 있도록 애써야 한다. 그 가운데 나는 "만약 부모가 책을 읽을 때 큰 소리로 낭독하는 습관을 가지고 있다면 아이는 쉽게 책읽기를 좋아하게 되고, 또 부모가 독서를 통해 기쁨을 느끼는 모습을 자주 본 아이도 자연스럽게 책을 좋아하게 된다"는 말이 가장 좋았다. 아이를 가슴에 안고 책 읽어 주는 것만큼 부모된 사람으로서 행복한 경험은 없다. 사랑으로 가득한 행위가 아이에게 평생 갈 좋은 습관을 심어 주는 것이니, 당장 실천해 보도록 하자.

2단계에 오르면, 오락과 교양의 독서와 함께 학습으로서의 독서에도 조금씩 신경 써 가라고 귀띔해 준다. 중국도 입시경쟁이 심해서 그런지, 지은이의 말이 우리 상황에도 시사하는 바가 많다. 물론 이 단계의 무게중심은 당연히 오락과 교양의 독서에 있다. 자칫 학습으로서 독서로 몰고 가면 탈이 나고 만다. 외려, 학업에만 충실하지 말고 책읽기를 잘 독려해야 한다고 말해 주고 있다. 무엇보다 "아이를 학교에 보냈다고 해서 독서지도의 책임을 선생님에게 떠넘겼다고 생각"하지 말라는 지적은 반드시 명심해야 한다.

책벌레의 삶을 한마디로 정의하면 이렇게 되리라/나는 읽는다. 그러므로 존재한다.
책벌레의 영혼을 요약하면 이렇게 되리라/나는 구성되어 있다. 지금껏 읽어 온 책으로.

주세페 아르침볼도(Giuseppe Arcimboldo)가 1566년에 그린 그림의 제목 「사서」(*Il Bibliotecàrio*)를 나는 못마땅하게 여긴다. 어찌 사서만이 그 영광을 누릴 수 있겠는가. 책 읽는 모든 이들이 이 그림의 제목으로 채택되어 마땅하다. 무엇이 우리를 책 읽게 만들까. 나는 간절함에서 비롯된다고 믿고 있다. 지금 이곳보다 더 나은 세상을 꿈꾸기. 지금 내가 알고 있는 것보다 더 많은 것을 알고 싶기. 끊임없이 성찰하여 참 사람 되기. 그렇다. 변화와 성장에 대한 열망이 있기에 책을 읽는 것이다. 그러기에 우리는 죽도록 책을 읽을 수밖에 없는 것이다.

세번째 단계에서는 다독을 권하고 있다. "독서량을 늘리고 다양한 분야의 책을 읽도록" 해야 한다는 것이다. 지당한 지적이다. 어쩌면, 이때가 입시에 대한 부담 없이 마음껏 책을 읽을 수 있는 마지막 시기일지도 모른다. 특별히 지은이는 이 연령대에 아이들이 자아를 정립하고 개성을 창조하는 시기임을 강조하고 있다. 책읽기에서도 "반드시 아이의 의견을 존중하고 잘 소통해야 한다"는 것이다. 중학교 또래의 아이를 둔 부모들이 공통으로 고민하는 게 있을 듯하다. 그 하나는 즐겨 읽는 대중물을 어떻게 해야 하는가, 라는 점이다. 성질 같아서는 당장 못 읽게 하고 싶으나, 그리해서는 안 된다고 말해 준다. 아이들이 대리만족을 느낀다는 순기능을 주목하고, 아이들이 이런 책을 비판적으로 감상하는 능력을 길러 줘야 한다고 말하고 있다. 또 하나는 늘 고만고만한 책만 읽지 않고 좀더 어려운 책을 읽었으면 하는 바람이다. 억지로 보게 하지 말고, 격려하고 도와 주는데, 그 책의 이해를 도와 주는 책을 골라 주는 것도 한 방법이라고 할 수 있다. 족집게라고까지야 할 수는 없겠지만, 부모들이 느꼈을 법한 고민거리에 대해 성실하게 답변하고 있는 셈이다.

네번째 단계에 이르면 지은이의 어조가 단호해진다. 이때에는 책을 골라 읽어야 하는데, 특정한 주제를 다룬 책을 읽도록 해야 한다. 이 말을 좀더 직설적으로 하면 "교과서에서 제시되는 새로운 지식과 이론을 보충할 수 있는 책"을 읽혀야 하는 것이다. 정말 어쩔 수 없는 노릇이다. 대학입시라는 장애물을 넘어서기 위해서는 현실적인 독서를 할 수밖에 없다. 여기서 반론을 펼칠 사람도 있을 것이다. 그런 제도가 독서의 가치를 훼손한다고 말이다.

나는 교양과 지적 즐거움으로서 독서의 가치를 가장 높이 평가하는 사람에 든다고 자부한다. 그렇지만, 논술과 같은 제도적 장치가 있어 책읽기가 교육 프로그램에 들어갈 수 있어야 한다고도 생각한다. 그러지 않으면, 디지털 세대가 책을 읽지 않을 가능성이 높다는 현실적 판단 때문에 그러하고, 공교육이 제자리를 잡기 위해서는 교과서와 참고서를 버리고 관련 책들을 읽고 토론하는 문화로 바뀌어야 한다는 원론적인 입장 때문에 그러하다. 각설하고, 고등학교 시절의 책읽기가 지나치게 억압적이라는 반론에 대해서는, 그러니까 어릴 적부터 책을 읽어 와야 한다고 응답하고 싶다. 충분히 읽어 왔다면, 고등학교 시절에는 목적에 맞춰 책을 읽어도 그리 억압적이지 않을 것이다. 그러니, 부모들이 큰 그림을 그리고 아이들에게 책 읽는 습관을 들여 주도록 노력해야 하는 법이다.

물론, 내가 저우예후이의 독서론과 독서법에 전적으로 동의하는 것은 아니다. 그렇지만, 책읽기를 취미가 아니라 습관이 되도록 하기 위해 부모가 전략을 갖고 앞장서 애를 써야 한다는 대의에는 전폭적으로 공감한다. 우리가 다음 세대에게 물려줄 수 있는 것이 무엇일까? 나는 가진 게 많지 않아도, 배운 게 부족해도 진정한 사랑과 확신만 있으면 반드시 물려줄 수 있는 것이 있다고 믿는다. 이 책을 읽어 보면서 세상에서 가장 위대한 유산을 효율적으로 아이들에게 전해 줄 수 있는 방법을 찾아보기 바란다.

• 에필로그 •

쓰기 위한 읽기 교육을 향해

새삼 읽기를 강조한다는 것은 몹시 민망한 일이다. 교양과 지식을 체계적으로 쌓아가는 데, 읽기 말고 도대체 어떤 길이 있는지 궁금하기 짝이 없다. 그런데 더 놀라운 일은, 우리는 여전히 읽기를 말해야 한다는 점이다. 어느 나라나 입시는 있고, 거기에 따른 경쟁이 없을 리 없다. 그럼에도 그런 나라들이 읽기를 등한히 하며 새로운 세대를 가르친다는 말을 들어 본 적은 없다. 정말, 문제가 있는 거라 할 수 있다. 읽기 없이, 또는 읽기를 방해하는 어떤 시스템 속에서 가르치고 배우고 있다면, 그것이 다 가짜고 소용없고 의미 없다 할 수는 없더라도 무언가 근본적인 것을 결여했고, 노력한 것에 비해 소득은 미미할 수밖에 없을 것이다.

우리 중등교육이 읽기를 상대적으로 등한히 한 결과는 대학 교양교육 현장에서 확인된다. 어려운 관문을 거쳐 대학에 들어온 학생들을 바라보는 교수들의 심정은 어떨까. 사람마다 표현은 다르겠지만, 아마도 도대체 기본이 되어 있지 않다, 라는 마음이 들 듯싶다. 그러다 보니, 대학마다 교양교육을 과거와 달리 개편하고 있는 것이 아닌가 싶다. 박사과정에 들어온 대학원생이나, 퇴직한 교수가 맡아 진행했던 교양교육이 크게 변화하고 있다. 대학마다 다르나 그 흐름은 크게 볼 때 의사소통능력을 키우는 데 초점이 맞추어져 있는 것을 알 수 있다.

물론, 중등교육 현장에 있는 교사들의 반론도 만만치 않으리라. 할 만큼 했다는 말을 할 수 있다. 논술을 준비시키느라 어려운 환경에서도 독서교육을 강화했다고. 정말, 논술교육을 위해 교사들이 힘겹게 준비한 것은 인정해야 한다. 나 역시 교육청 관련 강의에 자주 불려 다녔으니, 증인이 될 수도 있다. 배워서 남 주자는 정신으로 논술교육을 해왔을 것이다. 그런데 한번 짚어 보자. 얼마나 많은 학생들이 논술교육을 받았을까. 학년이 올라갈수록 논술을 준비하는 학생 수는 줄어들었을 터이다. 또 있다. 얼마나 체계적이고 장기적인 관점에서 교육할 수 있었을까. 대학마다 다른 출제 경향을 파악하고 이에 적응하도록 하는 대증적인 교육에 멈출 수밖에 없지 않았을까. 그리고 다른 무엇보다 논술능력을 키워 주는 기본으로 읽기 자체가 얼마나 강조되고 실제 교육이 되었던가.

다른 차원에서도 반론이 가능하다. 그 어려운 교육여건 속에서도 뜨거운 열정으로 학생들의 독서능력을 키우기 위해 애를 써 왔다고 말이다. 도서관도 맡은 바 있고, 수업을 아예 책을 정해 진행해 보기도 했고, 사정이 여의치 않으면 특별 활동을 통해서라도 해왔다고. 기실 내가 가장 존경하는 분들이 이런 교사들이다. 그 분들의 열정이 아니고서는 그나마 우리 교육 현장에서 독서의 중요성이 널리 퍼지지도 않았을 것이다.

그렇지만, 이런 항변이 그리 설득력 높지 않은 것은, 대학에 들어온 학생들의 교양수준이 과거만 못하고, 중등교육을 충실히 받았다는 사실을 믿기 어려운 상황이 종종 벌어진다는 데 있다. 물론, 이를 입증할 자료가 내게 있는 것은 아니다. 어디까지나 경험을 통해 알고 있을 뿐이다. 그리고 그렇지 않고는 대학에서 교양교육을 바꾸고 강화하고 있는 이유의 한 측면을 이해하기 어렵다. 알겠지만, 대학이 교양교육을 바꾼 것은 시대 변화와 밀접한 관련이 있는 것도 사실이다. 입사시험에서 면접이 강화되었고, 그 면접도 토론으로 진행하는 경우가 늘고 있다. 이런 경향을 따라잡지 못하면 안 된다 싶으니, 교육내용을 바꿀 수밖에. 하지만, 이런 시각은 일면적이다. 대학교육은 결국 읽고 토론하고 쓰는 일련의 과정을 통해 고급한 지식을 습득하고 이를 응용할 줄 아는 능력을 키우는 데 초점이 맞추어져 있다. 중등교육을 통해 이런 실력을 쌓았다면 대학이 굳이 나서서 그런 교육을 할 리 없다.

그렇다고 대학이 일선 중등교육 현장에 있는 분들에게 똑바로, 제대로 가르치라고 꾸짖을 수는 없는 노릇이다. 엄연히 입시라는 제도가 있고 이를 통과시켜야 하는 부담이 있다. 더욱이 오늘 이 왜곡된 입시제도를 뿌리내리게 한 데는 일부 대학들의 책임도 분명히 있다. 그렇다고 대학당국을 향해 삿대질할 수는 없는 노릇이다. 서로 언성을 높이며 싸워 봐야 아이들 보기에 민망하고 창피하고 죄스러운 일일 뿐이다. 내가 이 글에서 말하고 싶은 것은, 어느 자리에 있든 가르치는 사람이라면 오늘의 상황을 근본적으로 성찰하고, 더 나은 교육을 위해 애를 써보자는 것이다. 서로 남 탓하지 말고 함께 서둘러 나서야 한다는 것이다.

더욱이 중등교육 현장에서 그나마 읽기 교육에 숨통을 틔어 주었던 논술도 상대적으로 약화되는 상황이다. 정권이 바뀔 때마다 제도도 함께 바뀌는지라 함부로 말하기 어렵지만, 현 정권이 읽기 교육을 강화하는 방향으로 교육정책을 펴리라 기대하기는 어렵다. 아마 그럴 힘과 여유가 있다면 영어교육에 우선 투자할 것이다. 영어교육에 대해서는 할 말이 많지만, 이 글에서 그것을 논하지는 않겠다.

본격적인 이야기를 털어놓기 전에 관점을 바꾸어 보자는 말부터 해야겠다. 왜 읽어야 하는가 하는 점이다. 그동안의 읽기 교육이 자칫 언어영역 교육과 다를 바 없는 것은 아니었는지 되돌아 보자는 것이다. 그동안의 읽기 교육은 주로 이런 식으로 학생들에게 다가갔을 가능성이 크다.

'의욕이 넘치는 선생님, 아이들이 책을 읽지 않는 현상을 목격한다. 수업에서, 일상에서 그것이 얼마나 큰 문제인지 각성한다. 어려운 현장 상황이지만 더 많은 품을 팔아서라도 아이들이 책을 읽도록 이끈다. 그래서 자료도 찾아보고 힘들지만 직접 읽어 보고 주변 선생님의 도움도 받아 읽을 만한 책을 가려 뽑아 드디어 도서목록을 만들었다. 아이들이 이 책 읽으면 얼마나 좋은지 모른다. 읽어라. 독후감 써라. 하, 여기까지 끌고 오는 것만 해도 얼마나 힘들었던가. 교사로서 내 몫을 다했다. 힘들지만 행복하고 보람 있다.'

이만큼 해내기도 얼마나 어려운지 잘 알고 있다. 약간 희화화했지만, 골려 먹으려 해서 그런 것이 아니라 내가 힘주어 말하고 싶은 것이 있어 그리해 본 것이다. 내가 말하고 싶은 것은 이런 거다. 이렇게 읽기를 가르친다면, 그것은 지은이의 주장이나 표현력을 이해하는 데 그칠 공산이 크다. 당연히 책을 읽는 이유는 지은이가 무슨 말을 했는지, 그리고 어떻게 했는지 이해하기 위해서이다. 이 과정을 거치지 않고서는 다음 단계로 한 발짝도 나아갈 수 없다. 현장에서 보자면, 이것도 제대로 못해 교사로서 골머리를 앓는 것이 아니겠는가. 이해는 고사하고 오독투성이의 결과를 보고 있자면, 어이가 없다. 하지만, 아무리 그것이 중요해도 읽는 것이 거기에 그쳐서는 안 된다고 나는 본다. 목적 자체가 여기까지 정해져 있으면 책읽기는 너무 수동적인 행동이 된다.

그렇다. 지금까지 독서교육의 정신을 볼라치면, 의도하지는 않았겠지만, 지은이에 복속하는 독자를 만들어 내는 데 그쳤다. 읽는 것 자체만의 의미를 지나치게 강조하는 경향이 있었던 것이다. 나 같은 문화주의자가 그 가치를 모를 리 없다. 읽기만 해도 얻는 것이 얼마나 많은가. 입시에 시달리는 청소년들이 판타지에 매달리는 것만 봐도 읽기의 효과는 금세 입증된다. 현실의 중압감에서 자유롭기. 책 많이 읽는 아이들이 말도 잘하고 글도 제법 쓰는 것을 보면, 별다른 교육 없이도 표현능력을 키워 주는 것을 확인할 수 있다. 더욱이 나 같은 사람은 쓸모 없음의 쓸모 있음을 강조하는지라, 설혹 실효성이 당장 확인되지 않더라도 그냥 읽는 동안 즐겁거나 행복하거나 슬퍼지거나 다른 것을 꿈꾸어 보았다는 것만 해도 읽기의 효용은 증명되었다고 본다.

그렇지만, 이것은 어디까지나 수용하는 사람을 만드는 데 머문다. 이런 읽기에만 목적을 둔다면, 그것은 훌륭하고 고급스러우며 세련된 독자(수용자)를 만들어 내는 데 그칠 뿐이다. 그것은 역시 목적하지 않았지만, 문화자본이 원하는 일을 교육이 해내는 일이 될 수도 있다. 읽을 수 있는 집단, 읽어 낼 줄 아는 집단, 읽고 즐길 줄 아는 집단이 존재한다면, 문화자본 처지에서는 마케팅 가능성이 그만큼 확장하는 결과를 가져오게 된다. 좀 놀랍지 않은가? 이러한 사실이 불편할 수도 있다. 하지만 이런 주장도 분명히 설득력 있다. 그래서 내가 앞에서 언급하지 않았던가. 혹, 우리의 읽기 교육이 언어영역 교육과 다를 바 없지 않은가 되살펴 볼 필요가 있다고 말이다.

언어영역이라는 것을 좀 희화화하면 이런 식이지 않을까? 윗글에 밑줄 친 바가 뜻하는 것 가운데 가장 알맞은 것을 아래에서 골라내라. 중요도도 시험출제자가 매겨 놓고 있고, 그것이 뜻하는 바 가운데 적절한 것도 출제자가 이미 정답이라는 이름으로 정해 놓았다. 거기에 독창적이고 창조적인 새로운 해석이 끼어들 여지는 없다. 언어영역 자체가 필요하지 않다고 할 수는 없다. 필요 없다면 국어 과목을 교과목에서 없애면 된다. 그러지 않는 데는 그럴 만한 이유가 있다. 단지 읽기마저 이런 방식으로 진행되어서는 안 된다는 뜻이다. 나는 이런 읽기 교육을 '소비로서 독자 만들기'라 이름 지었다.

에둘러 가기로 하자. 먼저 대학사회가 어떻게 변화되었는가 간

략히 살펴보자. 앞서 말한 대로 각 대학들은 학생들의 의사소통능력을 키우기 위해 별도의 기구를 세웠다. 숙명여대 의사소통 센터, 성균관대 학부대학, 가톨릭대학 교양교육원이 대표적인 경우다. 이들 대학은 교양교육의 목적을 뚜렷이 하고 체계적으로 교육 프로그램을 짜 학생들의 의사소통능력을 향상시키는 데 성공했다. 쓰고, 토론하는 능력을 상당히 짧은 기간 내에 성장시킨 것이다.

생각해 보자. 앞선 세대 지식의 고갱이를 익히는 데 주입식·암기식 교육이 주를 이뤄서는 안 된다. 이 말을 잘 읽어 보면 주입식·암기식 교육이 전혀 필요 없다, 하는 것은 아니라는 점을 알 수 있을 것이다. 주입하고 암기시켜야 할 것도 있다. 문제는 그것이 주를 이루고 있다는 데 있다. 토론식 수업이 비중 있게 병행되지 않고서는 비판적 사유력과 창의적인 문제 해결력을 키워 낼 수 없다. 오죽 답답했으면 대학이 그 역할을 떠맡겠다고 나서겠는가. 비용 면에서도 상당히 부담 되는 것이 사실인데도 일부 대학에서 대대적인 지원을 했고, 그것이 대학사회에 영향을 미쳐 너도나도 의사소통능력 키우기에 나서고 있는 것이다.

그런데, 변화된 대학의 교육도 따지고 보면 너무 실용적인 측면으로 기울어 있다. 투자한 만큼 빨리 결과를 보고 싶어 하는 성급한 마음이 느껴진다. 의사소통능력을 너무 '표현'의 측면에 강조점을 찍어 두고 있다. 글 쓰는 법, 말하는 법을 제대로 배우기만 하면 얼마든지 그 능력을 발휘할 수 있다는 안이한 생각이 배어 있다. 고사에 비유하자면 '조장'하고 있는 거라 할 수 있다. 뿌리 깊은 나무를 키우기보다 당장 열매 많이 맺는 나무로 육성하려는 과욕이 엿보인다. 현장에서 아이들을 가르쳐 보면 금세 알게 되지 않는가. 왜 글을 못 쓰고 발표나 토론을 못하는지. 한마디로 하면, 아는 게 없으니 그런 거다. 그렇다면 어떻게 해야 앎을 늘려 나갈 수 있을까. 다시 한 마디로 하면, 읽기밖에 다른 길이 없다.

중등교육이 대학교육에서 배워야 할 것은 표현능력을 키워 주고 있다는 사실이다. 그러나 중등교육이 대학교육의 현 수준을 넘어서려면 '사고' 능력을 먼저 닦아 주어야 한다. 기초도 다지지 않고 집을 세우려 해서야 되겠는가. 나는 조만간 교양교육에서 읽기교육이 강화될 것으로 기대하고 있다. 쓰기와 토론하기를 아무리 가르쳐 보아도, 그래서 교수가 직접 나서거나 조교를 두어 첨삭을 해도 일정한 한계가 있다는 것을 지금 인식하고 있으리라 본다. 이 문제를 어떻게 타개할 것인가 진지하게 고민하다 보면 다다를 수밖에 없는 결론이 있으니, 바로 읽기이다. 정말, 모든 것은 근본으로 되돌아오게 되어 있는 듯싶다. 크게 진전한 대학 교양교육이 더 발전하기 위해 새롭게 도전해야 할 영역이 읽기가 되고 마니 말이다.

정리해 보자. 표현능력이 중요시되는 시대다. 권위나 권력을 바탕으로 남을 압도하던 시대는 끝나 가고 있다. 내가 세운 주장을 논리적인 체계를 갖추어 설득하고 정서적으로 동의를 구해 내야 하는 시대이다. 그야말로 상대방의 '자발적 동의'를 구하지 않으면 문제 해결에 필요한 동력을 얻어 낼 수 없다. 그만큼 우리 시대가 민주화되었다는 뜻이다. 그렇다면 표현능력은 어떻게 키울 수 있는 것일까. 한 갈래 길은 표현능력 자체를 키우기 위해 다양한 교육 프로그램을 가동하는 것이다. 쓰기 수업을 만들고 직접 쓰게 해서 첨삭까지 한다. 토론 요령을 설명한 다음, 직접 토론하게 하고 그에 대해 평가한다. 정말 그러면 실력이 늘어난다. 그렇지만 이러한 방식으로는 한계가 있다. 근본적인 처방을 위해서는 읽어야 한다.

그런데 읽기 수업은 도대체 어떻게 할 수 있나. 가르치는 사람이 읽고 와서 아이들에게 책 내용과 주제, 가치, 평가 등속을 설명해 주면 되는 것인가? 아니다. 학생들이 읽게 해야 한다. 이게 가장 어렵다. 읽지 않으려 하는 아이들을 읽게 만들려면 지혜가 필요하다. 다음으로, 읽고 오면 어떻게 해야 하나. 좀 수월한 방법은 읽은 아이가 이러저러한 형식에 맞춰 발표하면, 다른 학생들이 질의하고 응답하는 차원에서 수업을 이끌어 갈 수 있다. 그런데 막상 수업을 이런 식으로 진행하면, 책을 안 읽어 오는 아이들이 태반이다. 독서토론밖에 없다는 말을 하고 싶어서 이렇게 주절거렸다. 한 권의 책을 골라내고, 그 책을 개인들이 다 읽는데, 제대로 읽게 하기 위해 독서카드를 만들게 한다. 그 카드에는 기본적으로 내용요약과 토론거리, 그리고 평가사항을 적어 낸다. 이때 학생들이 만든 토론거리 가운데 좋은 것을 골라내고, 없다면 가르치는 사람이 덧붙여 최종 토론거리를 만든다. 그리고 나서 학생들끼리 자유롭게 토론하도록 이끌어 나가면 된다.

독서토론 자체만 해도 생산적이고 창의적인 행동이 된다. 주체적으로 책을 읽어 오고 자신과는 다른 해석과 주장을 경청하고, 이에 논리적으로 맞서고, 서로 논쟁을 하기도 한다. 이 과정에서 나와 다른 것의 가치를 깨닫게 되고, 서로 도와 새로운 해석을 할 수 있도록 이끌어 나가기도 한다. 그런데 나는 이것으로 성이 차지 않는다. 그것만으로는 적극적인 차원에서 창조적 읽기라 하기에는 어렵다고 보는 것이다. 책을 읽어 얻은 교양과 지식을 바탕으로 주어진 문제를 해결하는 창의적 사고력을 표현하는 데까지 나아가야 한다고 본다. 글을 읽는 사람에서 이제 글을 쓰는 사람으로! 읽기 교육이나 의사소통능력이나 다른 무엇이 되었던 그 최종 목적이 여기에 있을 때 제대로 된 교육이라 할 수 있다. 나는 이를 일러 '창조하는 독자 만들기' 라 이름 짓는다.

나는 지금 쓰기 위한 읽기 교육을 제안하고 있는 것이다. 읽기 자체만 해도 큰 가치가 있다. 그런데 여기에 머물지 말고, 더 높은 부가가치를 목표로 삼아 한 단계 더 나아가 보자는 것이다. 이 과정은 교육과정에서 나타난 벽을 허물기도 한다. 대체로 보면, 대학교양 과정은 쓰기와 토론하기로 나뉘어 있고 읽기는 아직 자리 잡지 못한 상태다. 그런데 쓰기 위한 읽기 교육은 그 벽을 허물고자 한다. 읽고, 토론하고, 쓰는 세 영역을 통합하는 것이다. 글 잘 쓰고 말 잘하는 사람이 필요하다고? 그럼 읽기가 강화되지 않고서는 궁극의 목적을 달성하지 못한다. 많이 안다고? 그럼 표현하는 능력을 키워줘야 한다. 따로 떨어져 있지 않은데 별개의 것처럼 여기지 말고 하나로 통합해 종합적 능력을 키워 주도록 해야 한다. 이를 달리 표현하면 사고능력을 배양해 표현능력을 강화한다, 정도가 될 듯싶다.

경험담이다. 대학생들을 가르치면서 쓰기능력이 떨어지는 데는 토론 경험이 부족한 데도 원인이 있다는 생각을 하게 되었다. 주제를 주면, 이를 해결하기 위해 다양한 자료를 섭렵하고 체계적으로 정리해 내고 두루 생각해 보아야 하는데, 이를 개인적으로 소화해 내기가 너무 버겁다는 것을 알게 된 것이다. 이 과정을 토론 형식으로 거치게 하면 의외로 학생들이 빨리 자신의 생각을 가다듬게 되고 쓰는 데 필요한 과정을 잘 소화해 낸다는 점을 알게 되었다. 쓰는 것과 말하기는 상당히 밀접한 관련이 있다. 말하고 나면 잘 써진다. 쓰기 교육에서 말하는 개요짜기가 자연스럽게 이루어지기 때문이다.

한 대학에서 연 정책토론 대회에 심사하러 간 적이 있다. 시간이 지나면서 짜증이 났다. 인터넷에 주제어만 치면 주루룩 올라 오는 자료를 바탕으로 형식에 맞춰 토론하고 있어서였다. 토론대회 상금이 만만찮아 그걸로 등록금 마련한다더니, 복장이나 어투는 스튜어디스와 아나운서 뺨칠 정도였다. 전문적인 꾼이 등장한 것이다. 도대체 그래서 무엇하는 걸까. 토론 요령을 익히는 데 정책토론이 여러모로 유리한 것이 사실이다. 시사적으로 민감한 주제를 다루다 보니 학생들의 지적 호기심을 자극할 수 있는 데다 자료를 구하기 쉽다. 하지만 대학생들이 고작 그런 주제로 경연을 벌여야 하나 생각하니 답답하기만 했다. 그리고 한 논제를 두고 꼭 찬반으로만 나누어져야 한다는 것도 못마땅했다. 어떻게 하나의 논제에 대한 입장이 꼭 둘로만 나누어져야 하는 것일까. 더 심도 있는 토론은 찬반을 넘어 제1의견, 제2의견, 제3의견……이라는 식으로 핵분열해야 하

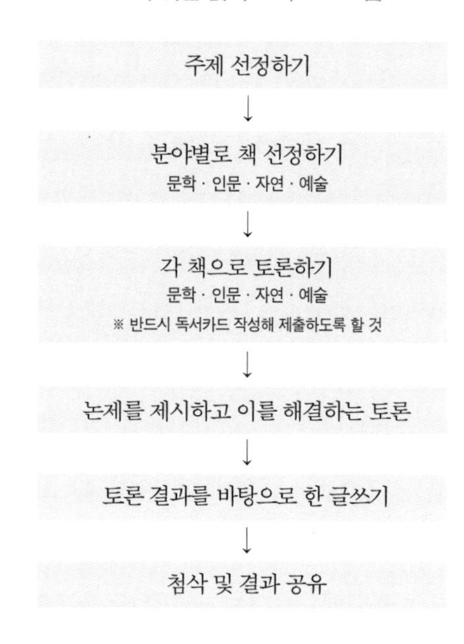

는 것 아닌가. 그 모두가 타당한 근거가 있고 납득할 만한 주장으로 수용되나, 더 유력하고 더 강력하고 더 설득력 있는 주장을 찾아내면 안 되는 것인가. 진일보한 토론은 독서토론밖에 없다는 생각을 하게 되었다.

구슬은 서 말이 이미 넘어섰다. 이제 꿰어야 한다. 남은 과제는 어떻게 해야 창조하는 독자를 만들 수 있는가 하는 점이다. 이를 위해 개인적으로 실천했던 프로그램을 간략하게 소개한다. 읽고 토론하고 쓰는 과정을 아우르기 위해서는 하나의 주제를 선정해 다양한 분야의 책을 골라내야 한다. 사랑을 주제로 한다면, 문학으로는 김형경의 『사랑을 선택하는 특별한 기준』(문이당, 2001), 인문학으로는 재크린 살스비의 『낭만적 사랑과 사회』(박찬길 옮김, 민음사 1985), 자연과학에서는 『사랑을 위한 과학』(토머스 루이스, 김한영 옮김, 사이언스북스, 2001)을 읽을거리로 선정할 수 있다. 먼저 각 책을 읽고 다양한 형식으로 독서토론을 해나간다. 그리고 나서 세 권의 책을 관통하는 일정한 주제의식을 논제로 삼아 토론하고 그 결과를 바탕으로 글을 쓰게 한다. 쓰여진 글을 첨삭하고 그 결과를 공유하도록 한다(220쪽 도표 참조). 이런 식으로 수업이 이뤄지고 수준을 높여 가며 반복할 수 있다면, 정말 세 마리 토끼를 잡는 놀라운 일이 벌어질 수 있다.

왜 읽을까? 결국에는 자신의 생각을 표현하기 위해서이다. 표현능력은 어떻게 키워지는가. 사고능력에 맞닿아 있지 않다면, 지속가능한 표현능력이 배양되지 않는 법이다. 그렇다면 가르치는 벽을 허물어 가로지르도록 해야 하고, 연결되도록 해야 한다. 왜 가르치는가? 가르치는 사람이 품고 있는 가치관과 세계관을 전달하기 위해서일까. 나는 아니라고 본다. 오늘 우리 사회에 다양하게 펼쳐지는 가치관과 세계관을 고루 알아보게 하고 학생들이 스스로 판단해 그 무엇을 선택하도록 돕는 일이 가르치는 것이다. 우리가 가르칠 수 있는 것은, 선택할 때 논리적인 검토를 거치게 하는 것이고, 그 선택이 서로 다르더라도 상대방을 존중하게 하는 것에 그칠 수밖에 없다. 그렇다면 어떤 어려움이 있더라도 꼭 전달해야 하는 앞선 세대의 가치나 경험은 어떻게 전달해야 하느냐고? 그 가치관에 따라 제대로 살면 다음 세대가 그것을 눈치 채지 못할 리 없다. 그래서 가르치는 게 어려운 법이다. 알고 있어야 전달하는 것이 아니라 거기에 걸맞게 살아갈 때 동의를 얻을 수 있는 것이기 때문이다.

읽기 교육이 뿌리내리지 못한 상황에서 쓰기 위한 읽기를 제안하는 것은, 필요할지는 몰라도, 성급한 일일 수 있다. 그렇지만 객관적 상황이 성숙하기만 기다리다가는 결과적으로 아무 일도 해내지 못할 수 있다. 가르치는 사람이 의지를 갖고 해나가면 길은 열리는 법이다. 이 땅을 일러 '즐거운 지옥'이라 하지 않던가. 희망 없지만 희망을 만들어 나아가기에 즐겁다 하는 것이리라. 더 늦기 전에 창조적 독자 만들기에 지혜를 모아 보자.

감사의 글

나는 압니다. 내가 석수장이가 버린 모퉁이돌이었다는 것을 말입니다. 보잘것없는 자를 귀하다 여겨 갈고 닦아 주신 어른들이 계십니다. 만약 오늘 내가 우리 사회에 이바지하는 것이 있다면, 본디 내가 잘나서가 아니라, 눈 밝은 어른들이 나를 보듬어 주고 가르쳐 주었기 때문입니다. 아, 감사하는 마음이 흐르는 물이라면, 막아서 가득 고인 저수지로 보여 드리고 싶습니다.

책을 어떻게 읽어야 하며 글은 어찌 써야 하는지를 호되게 가르쳐 주신 이승우 주간님께 감사드립니다. 이 주간님과 함께 『출판저널』을 만들면서 내가 알아야 할 모든 것을 배웠습니다. 세상에 적응하지 못하고 방황할 적에 늘 품어 주신 박시교 시인께 감사드립니다. 세상에 대한 분노를 삭이고 생산적인 일에 나설 수 있도록 이끌어 주셨습니다. 사계절의 강맑실 사장님께 머리 숙여 인사드립니다. 그 넓은 아량이 만들어 준 방파제 덕에 평론가로서 품위를 지키며 문화운동에도 참여할 수 있었습니다. 한국도서관협회의 이용훈 부장님께 감사드립니다. 선배의 품위가 무엇인지 늘 확인시켜 주셨습니다. 학교나 도서관에서 독서운동하는 분들께 두루 인사 올립니다. 당신들이 안 계셨다면 우리는 얼마나 척박한 시대를 살게 되었을까요.

안양대학교에서 7학기 동안 강의할 기회를 주신 이성훈 교수님, 문성원 교수님께 깊이 감사합니다. 젊은 세대와 소통하고 그들을 설득할 논리를 개발할 기회를 얻었습니다. 그린비의 유재건 사장님께도 감사드립니다. 부족한 원고를 높이 평가해 '달인 시리즈'로 책을 펴낼 수 있도록 배려해 주셨습니다. 편집자 진승우 씨에게도 감사드립니다. 모자란 부분 메워 주고 부족한 부분 채워 주느라 애써 주었습니다. 아내 김희경과 딸 이예은에게 감사합니다. 이들의 응원이 제 삶의 동력입니다.

앞으로 더 나은 책을 써 미처 인사드리지 못한 분들에게 입은 은혜를 갚겠노라 약속합니다. 이 책을 읽어 줄 독자들께도 미리 인사드립니다. 당신이 책벌레라면 언제든 도서평론가가 될 자격이 있답니다.